Anatolij Anri Schwarz

AF209201

WÜRFELSPIEL

Anatolij Anri Schwarz

Schriftsteller und Dichter, geboren in der Ukraine.

Seit 1992 lebt er in Speyer und arbeitet als
Physiotherapeut in einer Klinik.

Er hat Bücher auf Deutsch, Russisch und Ukrainisch
veröffentlicht.

© 2024 Anatolij Anri Schwarz
Verlag: BoD · Books on Demand GmbH, In de Tarpen 42,
22848 Norderstedt
Druck: Libri Plureos GmbH, Friedensallee 273,
22763 Hamburg
ISBN: 978-3-7693-1561-5

Inhaltsverzeichnis

Eines Tages

Wir hatten uns verirrt, und unser Boot schaukelte sanft auf den wie eine Wiege beruhigenden Wellen. Wohin man auch sah, war Wasser. Es schien, als ob das Meer keinen Anfang und kein Ende hatte, und selbst der Himmel, der von purpurnen Wolken bedeckt war, sah mehr wie das Meer aus als die feste Himmelsdecke.

„Wir", das war ich und meine neue Bekanntschaft, eine Frau, die im Hotelzimmer neben meinem in einem exotischen Land Urlaub machte. Aber wir landeten durch puren Zufall im selben Boot. Ich schwöre, das ist die reine Wahrheit.

Wir lernten uns im Hotel-Lobby kennen, als wir einen Tauchgang buchten, um die Tiefen des Meeres zu erkunden. Tauchen ist eine angenehme Sache, wenn man davon genug gehört hat, wenn man die Fische im heimischen Aquarium gefüttert hat und wenn man sich auf dem Wasser besser hält als ein Stein.

Die große, schlanke Blondine, die die Blicke der Männer auf sich zog, konnte mich einfach nicht kaltlassen. Aber ich wiederhole mich: Es war reiner Zufall, dass wir uns kennengelernt haben. Allerdings gaben unsere gemeinsamen Tauchinteressen uns eine Chance auf einen engeren Kontakt, als es normalerweise bei Menschen der Fall ist, die sich das erste Mal begegnen und sich höflich und freundlich zulächeln.

Ihr Name war Laura. Sie war Historikerin oder vielleicht Archäologin, und alles, was mit den Überresten der alten hellenistischen Zivilisation zu tun hatte, die hier in diesem südlichen Land auf dem Meeresgrund unter einer Schicht klebrigen Schlamms ruhte, war für sie ein Geschenk des Schicksals.

Ich dagegen war ein gewöhnlicher Manager für den Verkauf von Vieh und Viehfutter. Aber ich kannte einige der Eigenheiten der Tiere, und vielleicht hätte ich ihr nützlich sein können, zum Beispiel, um die Entführung Europas durch Zeus in der Gestalt eines Stiers zu erklären. Doch eine solide Drei in meinem Schulzeugnis in Geschichte ließ mir wenig Chancen, ihr meine tiefen biologischen Kenntnisse näherzubringen.

„Wie stickig es hier ist", sagte Laura, während sie ihre braune Handtasche wie einen Fächer vor ihrem Gesicht schwenkte.

„Ja, ich verstehe", stimmte ich ihr zu und warf einen Blick auf unser kleines Boot, auf dem wir durch eine Laune des Schicksals allein gelandet waren. „Die Klimaanlage funktioniert wohl nicht."

„Hören Sie auf, Witze zu machen", sagte sie streng. „Wenn man im Hotel nicht an uns denkt, dann werden wir die Klimaanlage wohl für immer vergessen können, wie auch vieles andere", fügte sie nachdenklich hinzu.

„Ist Ihnen auch aufgefallen, wie vergesslich das Personal an der Rezeption ist?", fragte ich und holte sie in die Realität zurück. „Sobald man sie um etwas bittet, sagen sie zuerst ja, und bis zum Abend haben sie es schon vergessen. Zum Beispiel, mein Zimmernachbar hat die Angewohnheit, nach dem Essen ein Nickerchen zu machen, und er schnarcht so laut, dass die Decke bebt. Ich bat sie, mir in dieser heiklen Angelegenheit zu helfen. Sie haben es versprochen, aber – offenbar haben sie es vergessen."

Sie sah mich überrascht an.

„Er schläft und schnarcht", verbesserte ich mich schnell. „Das heißt, er ruht sich aus."

„Wissen Sie", gestand sie, „in meinem Zimmer konnte man das auch hören, aber nur, bis ich an der Rezeption darum bat..."

„Und es hörte auf am nächsten Tag, nicht wahr?", unterbrach ich sie.

„Ja", sagte sie überrascht. „Es hat tatsächlich aufgehört."

„Erstaunlich", sagte ich und sah auf meine Uhr. „Es ist drei Uhr nachmittags", sagte ich. „Die Zeit, in der er sich entspannt. Komisch", fragte ich sie, „hören Sie nichts?"

Sie lauschte, legte die Hand ans Ohr. „Nein", sagte sie nach einer Weile. „Es ist still."

„Das bedeutet", schloss ich, „an der Rezeption haben sie einfach den Schnarchton reduziert."

„Von Ihrem Nachbarn", korrigierte sie mich.

„Genau", stimmte ich zu. „Ganz einfach, wie das Einstellen der Lautstärke am Radio." Ich zeigte ihr mit den Fingern, wie das geht. Sie sah mich seltsam an.

„Also", sagte ich, „wenn sie Sie gehört haben, haben wir eine Chance, dass sie auch an uns denken", fügte ich prophetisch hinzu, „wenn die Haie uns fressen."

„Mich fressen sie nicht", sagte sie. „Ich habe noch viele Pläne und bin außerdem nicht besonders schmackhaft, weil ich kein Geschenk bin."

„Für die Haie ist jedes Stück Fleisch ein Geschenk", sagte ich.

„In dem Zimmer, in dem Sie wohnen, gibt es keinen Nachbarn", sagte sie spöttisch zu mir.

„Jedes Stück Fleisch ist jetzt ein Geschenk", knurrte ich und zeigte ihr meine recht guten Zähne.

„Knurren Sie nicht", sagte sie. „Das Zimmer, das Sie bewohnen", sie machte eine spöttische Pause, „ist ein Einzelzimmer."

„Wenn Sie alles wissen, warum haben Sie dann ein eigenes Boot verlangt und sich so weit vom Hauptschiff entfernt?", fragte ich.

„Das geht Sie nichts an", sagte sie scharf. „Ein richtiger Wissenschaftler beantwortet keine dummen Fragen." Sie suchte nach einem schärferen Wort, um mich, wie mir schien, in die Schranken zu weisen.

„Wenn Sie meine derzeitige Position meinen – Lehrling", half ich ihr aus.

„Ihr Selbstbewusstsein überschreitet alle erträglichen Grenzen", sagte sie. „Lehrling, erklären Sie mir, warum Sie in dieses Boot gestiegen sind?"

„Aus Trotz", entgegnete ich bissig.

„In meiner Kindheit habe ich alle Trotzköpfe gnadenlos bestraft", sagte sie mit einem kräftigen Klatschen auf ihre Beine.

Ich sah sie mit einem mitleidigen Blick an.

„Mein Gott", sagte sie sanfter, „aus Trotz."

Uns hatte man mit einem kleinen Dampfer ins stille Meer gebracht, und zwei Tauchlehrer erklärten uns auf recht gutem Deutsch, wie und wo wir die Tiefen des Meeres erkunden könnten, und sie zeigten uns, wie man die Tauchausrüstung benutzt, die schon einige Taucher vor uns verwendet hatten. Auf meine Frage, ob viele Taucher aus der Tiefe zurückkehren, sagte einer von ihnen: „Mamma mia, wie nebelhaft alles in dieser Welt ist", und sang die ersten Takte von Albinonis Adagio. Dann erklärte er uns, was zu tun sei, wenn etwas schiefgeht.

Wir haben uns verirrt und unser Boot schaukelte friedlich auf den Wellen, die uns wie eine Wiege einlullten. Wo immer man hinsah, war Wasser. Es schien, als würde das Meer weder beginnen noch enden. Selbst der Himmel, bedeckt von scharlachroten Wolken, glich mehr dem Meer als dem Himmelsgewölbe.

„Wir" – das sind natürlich ich und meine neue Bekannte, die zufällig im Hotelzimmer neben mir wohnte, irgendwo in einem fremden Land. Dass wir in demselben Boot gelandet sind, war reiner Zufall. Ich schwöre es, bei allem, was mir heilig ist.

Wir lernten uns in der Hotellobby kennen, als wir beide einen Tauchgang buchten, um die Tiefen des Meeres zu erkunden. Tauchen ist ja keine schlechte Sache, wenn man ein bisschen darüber weiß – man füttert Fische im heimischen Aquarium und kann sich einigermaßen auf dem Wasser halten, ohne wie ein Stein unterzugehen.

Eine hochgewachsene, schlanke Blondine, die die Blicke der Männer auf sich zog, konnte mich natürlich nicht unbeeindruckt lassen. Aber, wie gesagt, es war wirklich ein Zufall, dass wir uns kennenlernten. Auch wenn unsere gemeinsame Leidenschaft für das Tauchen uns näher zusammenbringen konnte, als es für Menschen üblich ist, die sich gerade erst begegnet sind.

Ihr Name war Laura, und sie war entweder Historikerin oder Archäologin. Alles, was mit den Überresten der antiken hellenischen Zivilisation zu tun hatte, die hier in diesem südlichen Land auf dem Meeresgrund in Schichten aus klebrigem, unangenehmem Schlamm verborgen lagen, war für sie ein Geschenk des Schicksals.

Ich dagegen war ein einfacher Viehhändler, der sich um den Verkauf von Rindern und das Futter für die Tiere kümmerte. Vielleicht hätte ich sie dennoch beeindrucken können, zum Beispiel mit der Geschichte, wie Zeus Europa in Form eines Stiers entführt hatte. Doch mit einer soliden Drei in Geschichte auf meinem Schulzeugnis standen die Chancen, sie mit meinen „tiefen" Kenntnissen in Biologie zu beeindrucken, eher schlecht.

„Wie heiß", sagte Laura und fächerte sich mit ihrer braunen Handtasche Luft zu.

„Ja, wirklich", stimmte ich zu und ließ meinen Blick über unser kleines Boot schweifen, auf dem wir durch einen seltsamen Zufall gelandet waren. „Die Klimaanlage funktioniert wohl nicht."

„Hören Sie auf, Witze zu machen", sagte sie streng. „Wenn sie uns im Hotel vergessen haben, können Sie die Klimaanlage sowieso vergessen, ebenso wie vieles andere", fügte sie nachdenklich hinzu.

„Haben Sie eigentlich bemerkt, wie vergesslich die Hotelangestellten sind, besonders an der Rezeption?" fragte ich sie und brachte sie damit wieder in die Realität zurück. „Man bittet sie um etwas, sie stimmen zu, und am Abend haben sie es schon wieder vergessen. Zum Beispiel: Mein Nachbar im Hotelzimmer nebenan hat die Angewohnheit, nach dem Mittagessen ausgiebig zu schlafen, und er schnarcht so laut, dass die Decken vibrieren. Ich bat die Rezeption, etwas zu unternehmen, und sie versprachen es mir, aber offensichtlich haben sie es vergessen."

„Er schläft und schnarcht", verbesserte ich mich hastig, als ich ihren überraschten Blick bemerkte. „Das heißt, er entspannt sich."

„Wissen Sie", gestand sie, „man konnte ihn sogar in meinem Zimmer hören, bis ich an der Rezeption um Hilfe bat..."

„Und dann?", unterbrach ich sie.

„Am nächsten Tag war es vorbei", sagte sie.

„Das ist ja erstaunlich", meinte ich und schaute auf die Uhr. „Es ist drei Uhr nachmittags, seine Zeit zum Entspannen ist gekommen. Merkwürdig, hören Sie nichts?"

Sie lauschte und hielt sich die Hand ans Ohr. „Nein", sagte sie nach einer kurzen Pause, „es ist still."

„Das bedeutet", schlussfolgerte ich, „dass sie einfach den Lärmpegel reduziert haben. Sozusagen wie bei einem Radio, wenn man den Lautstärkeregler runterdreht." Ich zeigte mit meinen Fingern, wie das funktioniert.

„Also", sagte ich, „wenn sie Ihre Bitte gehört haben, besteht die Hoffnung, dass sie sich auch an uns erinnern werden, wenn uns die Haie fressen."

„An mir werden sie sich verschlucken", entgegnete sie. „Ich habe noch so viel zu tun, und außerdem bin ich nicht wirklich appetitlich – ich bin kein Geschenk."

„Für Haie ist jedes Stück Fleisch ein Geschenk", antwortete ich.

„In Ihrem Zimmer gibt es keinen Nachbarn, oder?" meinte sie spöttisch.

„Jedes Stück Fleisch ist jetzt ein Geschenk", knurrte ich und zeigte meine ziemlich guten Zähne.

„Hören Sie auf zu knurren", sagte sie. „Das Zimmer, das Sie bewohnen", sie machte eine spöttische Pause, „ist ein Einzelzimmer."

„Wenn Sie alles wissen, dann sagen Sie mir doch, warum Sie unbedingt ein eigenes Boot haben wollten und so weit vom Hauptschiff wegfahren mussten."

„Das geht Sie nichts an", schoss sie zurück. „Ein echter Wissenschaftler muss keine dummen Fragen beantworten." Sie suchte nach einem stärkeren Wort, um mich in die Schranken zu weisen.

„Wenn Sie meine aktuelle Position meinen, dann bin ich ein Lehrling", half ich ihr weiter.

„Ihr Selbstbewusstsein sprengt wirklich alle Grenzen", sagte sie, und dann forderte sie von mir Satisfaktion: „Lehrling, erklären Sie mir, warum Sie in dieses Boot gestiegen sind."

„Aus Bosheit", erwiderte ich.

Zwei Tickets nach Buenos Aires

Wir sind weniger als die ganze Welt, aber mehr als das gesamte Universum.

Die Schneekappe, die am nordöstlichen Hang des Berges lag und über dem Bergdorf hing, begann plötzlich zu tauen, was den Bewohnern der Siedlung in der Schlucht, die unter der Gefahr einer vorzeitigen Lawine lebten, Angst einflößte. „Dieses Jahr ist es früh", tuschelten sie miteinander. „Schau nur, bald wird uns die Lawine verschütten. So viele Sorgen haben wir schon, und jetzt noch ein Problem dazu." Seufzend erwarteten sie die Evakuierung.

Ein Ehepaar kam jedes Jahr in die Berge, immer zur gleichen Zeit und an den gleichen Ort, um dort ihren Urlaub zu verbringen. Sie erklommen eine der Gipfel, die nun von der drohenden Gefahr bedroht wurden. Sie waren keine professionellen Bergsteiger, aber nachdem sie in ihrer Jugend einmal den Aufstieg gewagt hatten und den salzigen Geschmack des Aufstiegs gekostet hatten, konnten sie nicht mehr aufhören. Die frische Bergluft raubte ihnen den Atem, und die überall fließenden Bäche und Wasserfälle hatten sie für immer gefangen genommen.

Fahrradfahren ist großartig, das Meer ist wunderschön, aber die Berge, die Berge sind etwas ganz Besonderes. Nichts kommt an sie heran. Glauben Sie es nicht? Probieren Sie es aus.

Dasselbe Hotel, fast immer dieselben Apartments, die vertraute Küche und der immer freundliche Hotelbesitzer. Der Blick von der Loggia blieb über die Jahre unverändert. Ihr Bergführer, im Volksmund „Scharp" genannt, war erstaunlich klug und erfinderisch. Er führte sie immer auf andere Routen, was jeden Aufstieg zu einem neuen Abenteuer machte. Das unbeschreibliche Gefühl des Erfolgs, wenn sie den schmalen, dreistufigen Gipfel erreichten, war unvergesslich.

Jeder Aufstieg, so schwer er auch war, endete stets mit einem überwältigenden Gefühl der Freude. Was könnte es Besseres im Leben geben? Vielleicht passt das nicht zu Ihnen, schade. Aber jeder hat seine eigenen Sorgen, wie ich heute, sagte die Frau zu ihrem Mann, der sich müde ins Bett des Hotelzimmers fallen ließ.

„Vielleicht liegt es am Wetterwechsel", murmelte er.

„Vielleicht", stimmte sie zu.

„Oder daran, dass es einfach naiv ist, Martini mit Bier zu mischen", spekulierte er weiter.

„Es war nur ein kleiner Schluck", rechtfertigte sie sich.

„Klein, aber oho", brummte er und schlief ein.

„Gleich wird er schnarchen", dachte die Frau. „Soll er doch."

Den ganzen Abend saßen sie zusammen mit ihrem alten Freund auf der Loggia des Hotels. Morgen würde er sie auf die Besteigung ihres eigenen „Everest" führen. Sie diskutierten die Route, ihre Schwierigkeiten und wählten neue, reizvolle Lösungen, um das Gefühl des Lebens voll auszukosten.

„Ich gehe mal runter", sagte die Frau. „Frage die Gastgeber, ob sie etwas gegen Kopfschmerzen haben."

„Nimm Aspirin", schnarchte ihr Mann, bevor er sich zur Wand drehte.

Scharp wartete unten am Hoteleingang auf die Frau. Sie ging zu ihm, er schaute sich um, und als er sicher war, dass niemand sie beobachtete, küsste er sie und nahm ihre Hand. Zusammen gingen sie entlang des Bergbachs, der das Städtchen durchquerte.

„Sofort nach dem Aufstieg fliegen wir", sagte er und zeigte ihr die Flugtickets. „Hast du es dir anders überlegt?"

„Nein", antwortete sie fest.

Er küsste sie erneut. Ihre Freundschaft hatte sich in eine Affäre verwandelt, die nun zur Liebe geworden war.

„Was wirst du ihm sagen?", fragte Scharp.

„Nichts."

„Gar nichts?", wunderte er sich. Nach einer Weile fügte er hinzu: „Vielleicht ist das auch besser. Aber er wird immer zwischen uns stehen."

„Ich werde ihm einen Brief hinterlassen", sagte die Frau. „Vielleicht hilft das. Aber man kann die Vergangenheit nicht auslöschen, und er wird immer zwischen uns stehen."

„Du hast recht", stimmte er zu. „Und das ist auch gut so. Schreib einfach in dein Tagebuch: ‚Das Leben hat neu begonnen.'"

Sie lächelte, während er in Richtung der Berge blickte.

„Hast du den Brief schon geschrieben?", fragte Scharp.

„Ja", antwortete sie. „Ich werde ihn vor unserer Abreise auf dem Tisch im Zimmer liegen lassen."

„Du hast recht", wiederholte er wieder und schaute dabei unverwandt auf den schneebedeckten Hang des Berges. „Er wird immer zwischen uns stehen."

Sie zog den Briefumschlag aus ihrer Jackentasche und zeigte ihn ihm.

Sie sahen gemeinsam auf den Brief.

„Ich habe eine Bitte an dich", wandte sich die Frau an Scharp. „Gib du ihm diesen Brief."

„Gut", sagte er nach einer kurzen Pause. „Aber trotzdem wird er immer zwischen uns stehen."

Die Loggia ihres Zimmers bot einen Blick auf die Berge und den kleinen Fluss, der zwischen den Weinbergen floss. Der Mann rauchte seine Zigarette zu Ende. „Morgen wird ein harter Tag", dachte er. „Ich habe überhaupt nicht geschlafen. Hoffentlich verschlafe ich den frühen Aufstieg nicht."

Er sah zwei vertraute Gestalten unten am Bach stehen. Seit 15 Jahren lebten sie zusammen. Er und sie. In all diesen Jahren liebte er sie, und wahrscheinlich würde er sie immer lieben. Der Mann ahnte, was für ein Brief das war, den sie Scharp übergab und für wen er bestimmt war.

Er drehte sich zu der schneebedeckten Bergkappe um, die sie morgen erwarten würde, und verabschiedete sich innerlich von ihr: „Er wird immer zwischen uns stehen."

Am frühen Morgen, nach einem kleinen Frühstück und freundlicher Unterhaltung, machten sich die Männer auf den Weg. Der Aufstieg sollte früh beginnen, und sie wollten sich nicht verspäten. Die Frau, die nichts ahnte, war gut gelaunt und lächelte den beiden abwechselnd zu.

Der Anstieg begann harmlos, doch bald bot die Route unerwartete Überraschungen in Form von überhängenden Felsvorsprüngen, die sie umgehen mussten. Aber sie wussten, worauf sie sich eingelassen hatten, und gingen unbeirrt weiter.

Das Zwitschern der Vögel verstummte plötzlich, als ob ein Dirigent mit seinem Taktstock das Kommando gegeben hätte. Ihre gewählte Bergspitze breitete sich vor ihnen in ihrer ganzen Unermesslichkeit aus und lud sie ein, sie zu bezwingen.

Der erste Halt war notwendig, bevor es ernst wurde. „In diesem Jahr war der Winter mild", sagte Scharp und zeigte auf den weißen Berghang. „Der Schnee schmilzt schnell. Pass auf, dass er nicht vorzeitig abgleitet."

„Siehst du", sagte der Mann zu seiner Frau, „deshalb habe ich den Eispickel mitgenommen."

„Aber wir werden doch nicht da hochklettern",
entgegnete sie. Sie wusste, dass auf der normalen Route,
die als Bergaufstieg bezeichnet wurde, zusätzliche
Ausrüstung nur hinderlich war. Aber sie war es gewohnt,
dass ihr Mann gerne wichtig tat. Der Eispickel war also
kein Problem für sie. „Gut, dass er nicht auch noch eine
komplette Kletterausrüstung mitgenommen hat", dachte
sie.

Scharp lächelte in sich hinein, während er ihrem
Gespräch lauschte. „Schaffst du das selbst, oder soll ich
dir helfen?" versuchte er, scherzhaft zu fragen.

„Und wo ist Herr Keller?" fragte sie plötzlich.

Er hörte auf, sie aus dem Schnee auszugraben.

„Herr Keller? Keller?" wiederholte er und begann
plötzlich, laut zu lachen. „Herr Keller ist in tiefem
Schnee", und er fügte befriedigt hinzu, „das heißt, in
einem tiefen Keller."

„Finde ihn, hörst du?", sagte die Frau plötzlich streng.

„Lass ihn sich selbst finden", antwortete der Mann ruhig.
„Dein Andreas ist mir egal."

Sie versuchte, sich selbst zu befreien, aber es gelang ihr
nicht. Der Mann sah ihr ruhig zu.

Die Frau stöhnte vor Erschöpfung.

„Bleib ruhig liegen und bewege dich nicht", sagte ihr
Mann und blickte zum immer röter werdenden Himmel
auf, als er fortfuhr:

„Wahrscheinlich fliegt er jetzt erfolgreich nach Buenos Aires, und er fliegt in der Business-Klasse."

„Hast du den Brief gelesen?", fragte sie.

„Na klar", antwortete er.

„Wahrscheinlich hat Andreas den Brief zu früh hingelegt", mutmaßte sie.

„Nein, meine Liebe, viel früher", sagte er.

„Fremde Briefe zu lesen ist niederträchtig und abscheulich."

„Solche Briefe zu schreiben ist niederträchtig und abscheulich", entgegnete er und fügte hinzu: „Außerdem war der Brief für mich bestimmt, also spielt es keine Rolle, wann ich ihn lese – bevor meine Frau mich betrügt oder danach."

Sie versuchte erneut, sich zu befreien. Er beobachtete sie weiterhin ruhig.

„Finde ihn", bat sie erneut.

„Warum?", dachte der Mann. „Die Lawine hat getan, was ich hätte tun sollen. Na, gut so."

„Hast du mich oft betrogen?" fragte er seine Frau.

„Immer", antwortete sie, und diese Lüge fühlte sich für sie in diesem Moment richtig an.

„Das dachte ich mir", sagte er ruhig.

„Dummkopf", murmelte sie und bat erneut: „Finde ihn."

„Liebst du ihn?" fragte er.

„Nein", antwortete die Frau. „Ich hasse dich."

„Gar nicht schlecht", murmelte er als Antwort.

Er fühlte sich verletzt, wie ein Kind, wenn es von Älteren ungerecht behandelt wird und es nichts dagegen tun kann.

„Weißt du", sagte er nach einer Weile, „vielleicht grabe ich dich doch aus, und du kannst ihn selbst suchen."

„Lügner, du gräbst mich doch nicht einfach so aus."

„Natürlich nicht", stimmte er zu. „Aber ich grabe dich aus, und wir fliegen zusammen nach Buenos Aires. Vielleicht fangen wir neu an."

„Nein", sagte sie nach kurzem Nachdenken.

„Wie du willst", antwortete er und verschwand aus ihrem Blickfeld.

Es begann zu dämmern.

„Er lebt", sagte der Mann, „und ich weiß, wo er ist. Wenn ich euch jetzt nicht ausgrabe, werdet ihr beide erfrieren. Gerda wird ihren Kai nicht finden", grinste er.

„Gut", sagte sie leise, „ich stimme zu."

„Nun, wer hätte das gedacht", grinste er erneut, „Hass ist doch loyaler als Liebe."

Der Mann begann, die Frau auszugraben, biss sich in den inzwischen eiskalten, festen Schnee, ohne seine gefühllosen Finger oder abgebrochenen Nägel zu schonen, und er grub sie schließlich mit seinen Zähnen aus.

Als er sie endlich aus dem ungewollten Grab befreit hatte, rieb er ihren Körper mit Schnee ab, zog ihr all seine Kleider über und murmelte dabei:

„Nichts, nichts, wir werden uns in Buenos Aires aufwärmen."

„Wo ist dein Eispickel?" fragte die Frau, die langsam wieder zu sich kam.

„Kein Plan", antwortete er. „Verloren."

„Er könnte jetzt nützlich sein."

„Ich habe ihn nicht für diesen Zweck mitgenommen", erwiderte der Mann.

„Für was dann?", fragte sie erstaunt.

„Weißt du, wie Trotzki getötet wurde?"

„Verrückter!", rief sie erschrocken aus.

„Ja, jetzt wäre er nützlich gewesen", sagte der Mann.

Die Frau starrte ihn entsetzt an.

„Nein, nein", beruhigte er sie, „nicht für das, was du denkst", sagte er und erwärmte dabei ihre erfrorenen Hände mit seinem Atem.

Der Frau erschien es plötzlich, als ob hinter ihm eine dunkle Gestalt mit einem Eispickel auftauchte... ...Doch als sie blinzelte, war niemand mehr da. Es musste eine Einbildung gewesen sein, verursacht von der Kälte und der Erschöpfung.

„Du hast mich also die ganze Zeit geliebt?", fragte sie mit einem bitteren Lächeln, während er weiter ihre Hände wärmte.

„Was denkst du?", antwortete er trocken, ohne aufzusehen.

„Ich denke, du bist krank", sagte sie.

„Vielleicht", antwortete er leise. „Aber Liebe ist auch eine Art Krankheit, oder? Manchmal tötet sie."

„Und was jetzt?", fragte sie nach einer kurzen Pause.

„Jetzt", sagte er, während er sich erhob und die Schneemassen um sich herum betrachtete, „jetzt suchen wir den Keller."

„Du meinst Andreas", korrigierte sie ihn.

„Nein, ich meine genau das, was ich gesagt habe", erwiderte er mit einem leichten Lächeln.

„Wirst du ihn finden?", fragte sie vorsichtig.

„Vielleicht", antwortete er ausweichend und begann, den Schnee um sich herum zu inspizieren, als würde er nach etwas suchen.

„Du hast ihn also doch nicht gefunden", stellte sie fest, als sie seine verzweifelten Bewegungen beobachtete.

„Noch nicht", antwortete er und hielt inne, um in ihre Augen zu blicken. „Aber das heißt nicht, dass er nicht irgendwo hier ist. Manchmal versteckt sich das, was wir suchen, direkt vor uns."

Sie sah ihn für einen Moment an und konnte in seinen Augen eine seltsame Mischung aus Wut, Trauer und Entschlossenheit erkennen.

„Du bist verrückt", flüsterte sie. „Du willst ihn nicht finden, oder?"

Er schüttelte den Kopf und antwortete nicht.

„Was wirst du tun, wenn du ihn findest?", fragte sie schließlich mit leiser Stimme.

„Das hängt davon ab, wie ich ihn finde", sagte er ruhig, seine Stimme klang jetzt fast gefasst. „Manchmal erledigt die Natur das, was wir nicht zu tun wagen."

Ein kalter Schauer lief ihr über den Rücken, als sie die Bedeutung seiner Worte verstand.

„Du kannst ihn nicht einfach sterben lassen", sagte sie, ihre Stimme zitterte.

„Vielleicht kann ich", antwortete er, ohne sie anzusehen. „Und vielleicht ist das die beste Lösung für uns alle."

„Nein!", rief sie, ihre Stimme brach. „Bitte, tu das nicht."

Er hielt inne, drehte sich zu ihr um und sah sie an. Einen Moment lang herrschte völlige Stille zwischen ihnen, nur der Wind, der durch die Berge wehte, war zu hören.

„Warum nicht?", fragte er schließlich. „Warum sollte ich? Er hat sich zwischen uns gedrängt. Hat dich gestohlen. Was bleibt mir jetzt noch?"

„Ich...", sie suchte nach Worten, doch nichts kam ihr in den Sinn.

Er sah sie an, als würde er auf eine Antwort warten, die sie ihm nicht geben konnte. Dann wandte er sich wieder ab, griff nach einer kleinen Schaufel, die er im Schnee gefunden hatte, und begann erneut, zu graben.

„Wirst du ihn töten?", fragte sie leise, fast flüsternd.

„Vielleicht", sagte er, ohne aufzusehen. „Vielleicht auch nicht."

Und mit diesen Worten grub er weiter, während die Frau in der Kälte zitternd stehen blieb, unfähig, sich zu bewegen oder etwas zu sagen.

Er grub weiter, der Atem ging ihm schwer, doch seine Bewegungen blieben unerschütterlich. Die Kälte schien ihm nichts auszumachen, während sie selbst kaum in der Lage war, ihre Hände zu spüren. Sie wollte etwas sagen, doch jede Silbe blieb in ihrer Kehle stecken.

Dann hielt er plötzlich inne. „Hier", sagte er leise, fast ehrfürchtig. Unter dem Schnee hatte er eine alte, verborgene Falltür gefunden. Ihr Herz setzte einen Schlag aus.

„Was ist das?", fragte sie zögernd, obwohl sie die Antwort bereits ahnte.

„Der Keller", sagte er einfach und begann, die Tür freizulegen.

„Warum tun wir das?", fragte sie leise, ihre Stimme voller Angst.

Er sah sie an, seine Augen waren jetzt leer, emotionslos. „Weil wir die Wahrheit finden müssen", sagte er kalt.

Mit einem knirschenden Geräusch öffnete sich die Tür, und ein eisiger Hauch entstieg der Dunkelheit darunter. Sie konnte nichts sehen, nur das schier endlose Schwarz, das sich vor ihr ausbreitete.

„Bist du bereit?", fragte er, doch sie spürte keine echte Frage in seinen Worten. Es war mehr eine Feststellung. Sie nickte stumm, obwohl ihr Innerstes schrie, zu fliehen, weg von dieser unheilvollen Stelle.

Langsam stieg er hinab, und sie folgte ihm, obwohl jeder Schritt schwerer wurde, als wäre die Dunkelheit selbst eine physische Last. Der Keller war feucht und modrig, und die Luft war schwer und erstickend. Sie konnte kaum atmen, doch sie wagte es nicht, sich umzudrehen.

„Wo ist er?", fragte sie, als sie die Mitte des Kellers erreicht hatten.

Er hielt inne und sah sich um, als würde er auf etwas warten. „Hier", flüsterte er schließlich, als er auf eine dunkle Ecke deutete.

Sie konnte kaum etwas erkennen, doch sie wusste, dass da etwas war. Ein schwaches Stöhnen, kaum hörbar, drang aus der Dunkelheit.

„Andreas?", flüsterte sie, doch ihre Stimme hallte in der bedrückenden Stille wider. Kein Antwort kam.

„Es ist zu spät", sagte er leise, als er auf den reglosen Körper zutrat. „Er ist bereits tot."

Sie fühlte, wie ihre Knie nachgaben. Sie wollte weinen, schreien, doch nichts kam über ihre Lippen. Es war, als hätte der Keller ihre ganze Lebenskraft in sich aufgesogen.

„Du hast es gewusst, oder?", flüsterte sie schließlich, als sie sich ihm näherte. „Du wusstest die ganze Zeit, dass er tot ist."

Er nickte stumm und richtete sich auf. „Es war unvermeidlich", sagte er schlicht. „Das Ende ist immer unvermeidlich."

„Aber warum?", fragte sie, Tränen rollten über ihre Wangen. „Warum hast du es geschehen lassen?"

„Weil es keine andere Wahl gab", antwortete er kühl. „Es musste so enden. Für uns alle."

„Für uns alle?", wiederholte sie ungläubig. „Du bist verrückt."

„Vielleicht", sagte er leise, während er sich umdrehte und begann, den Keller zu verlassen. „Aber jetzt bist du frei."

Sie blieb stehen, allein in der Dunkelheit, und starrte auf den leblosen Körper vor sich. Die Kälte des Kellers kroch in ihre Knochen, doch sie fühlte nichts mehr. Alles, was sie dachte, war, dass sie nie wieder frei sein würde.

Langsam wandte sie sich um und folgte ihm aus dem Keller, ohne ein Wort zu sagen.

Liebe auf den ersten Blick

Mir gefällt diese Frau. Sie steht in der Schlange beim Postangestellten mit einem kleinen Umschlag, um ihn an eine mir unbekannte Adresse zu schicken. Schade, dass die Schlange so schnell voranschreitet.

Sie ist zweifelsohne schön, mit einer wunderbaren weiblichen Figur und leicht offenen, losen Haaren, deren Farbe ihr Aussehen nicht ruiniert, sondern im Gegenteil all ihre Vorzüge betont.

Ich habe einen Blick auf ihre großen, riesigen Augen erhascht, die einem sofort ins Auge fallen. Wie die Wellen des Meeres sprudelt es in ihnen und zieht einen mit einer unermüdlichen, magischen Kraft an. Einmal in diesen Augen versunken, und du bist für immer ihr Gefangener.

Kann man da widerstehen? Nein, dem kann man nicht widerstehen, und doch stehe ich hier wie angewurzelt hinter ihr und versuche verzweifelt, ein Wort zu finden, irgendeinen Vorwand, um ein Gespräch zu beginnen, aber mir fällt nichts ein. Und die Schlange bewegt sich so schnell, dass mir die Zeit davonläuft. Nur noch ein bisschen, und... Ach, wenn ich nur dieses eine Wort finden könnte, dann würde sie mir bestimmt nicht widerstehen. Schließlich bin ich gut gebaut. Ich gehe dreimal pro Woche ins Fitnessstudio, so intensiv, dass die Hanteln beim Anblick von mir schon weinen. Wenn ich trainiere, dann bis zum Äußersten. Ja, das mögen nicht alle, aber die Definition meiner Muskeln könnte jeden Gebirgskamm vor Neid erblassen lassen.

Außerdem bin ich nicht dumm, und das wurde auch von den Menschen um mich herum bestätigt. Dem stimme ich voll und ganz zu, obwohl ich der Meinung bin, dass ihre Einschätzung noch höher hätte ausfallen können. Schließlich bedeutet "nicht dumm" ja nicht unbedingt "intelligent". Aber ich werde diese Debatte nicht weiter vertiefen, denn ich weiß: Ein Axiom bedarf keiner Beweise.

Und ich bin bereit für Heldentaten. Vielleicht heute, vielleicht morgen – was spielt das für eine Rolle? Hauptsache, ich bin bereit. Der Gewinn ist da, und das Los wird sich immer finden.

Bin ich denn nicht attraktiv? Na ja, zumindest einigermaßen, doch keineswegs hässlich.

Ich habe einen fröhlichen Charakter und bin so beständig wie guter alter Wein, der vielleicht schon etwas sprudelt, aber dennoch nicht seinen Geschmack und Charme verliert.

Wie schade, dass sie all das jetzt nicht zu schätzen weiß. Und mir bleibt so wenig Zeit, weil die Schlange sich so schnell bewegt.

"Komischer junger Mann, der hinter mir steht", denkt die schlanke Frau.

Er tritt ständig von einem Bein aufs andere, als hätte er die Post mit der Toilette verwechselt.

Ihr seitlicher Blick, der Frauen eigen ist, konnte sie nicht täuschen. Oh ja.

Nicht groß genug für seine breiten Schultern. Aber selbst wenn er etwas größer wäre, würde das nicht viel nützen – er gleicht eher einem Schrank, der versehentlich an die Wand gestellt wurde.

Die Fersen seiner Schuhe sind abgetreten, die Hose offensichtlich nicht seine Größe. Der Hemdkragen ist zerknittert, als hätte jemand daran gekaut. Wer wohl? Vermutlich er selbst – er hat wohl noch nicht gefrühstückt. Zudem scheint er nicht besonders einfallsreich zu sein, denn er findet keinen Vorwand, um mich anzusprechen. Die Zeit vergeht, und ich bin schon die Nächste, nur noch die alte Dame vor mir. Oh, wie alt sie ist, aber doch so flink. Mal sehen, was schneller geht: Wird sie bedient oder stirbt sie vorher?

Der Mann hinter mir, worauf hoffst du? Nein, er ist mir überhaupt nicht sympathisch.

Zweites Treffen

Wer hat diese blöde Diagnose erfunden – Salmonellen? Wo kommen die her? Kälte, als ob ich auf einem Eisblock liege, nur in einem Bademantel. Aus allen Körperöffnungen läuft es, und der Geruch – besser gar nicht erst zu erwähnen.

Schon zwei Tage stöhnt das Krankenbett unter mir. Irgendetwas Falsches gegessen oder getrunken? Wer weiß? Aber jetzt muss ich leiden, um weiterhin ein Mensch zu bleiben.

Meine Muskeln sind wie Luftballons, die die Luft verloren haben. Mein Gesicht ist eingefallen, und meine

Ohren erscheinen im Spiegel überdimensioniert. Mein Bauch brodelt und gurgelt, und von meiner fröhlichen Natur ist nur noch die Bettpfanne unter mir übrig. Mein Verstand funktioniert nur in eine Richtung:

Finde, suche und bestrafe das Bakterium, das sich über meinen einst nahezu perfekten Körper lustig macht.

Und obwohl meine Gesichtsfarbe grün ist, habe ich absolut keinen Respekt vor der Umwelt, die nach Schweinestall riecht. Was für ein Macho bin ich noch, wenn ich nicht einmal mehr in der Lage bin, mich selbst zu waschen? Früher, ja, früher... Nein, nein, ich bin mir selbst nicht mehr sympathisch.

"Mein Gott, was für ein netter Patient", denkt die grauhaarige Frau im weißen Kittel. "Wie tapfer er sich bei einer Temperatur von 42 Grad hält, vielleicht sogar höher, denn auf dem Thermometer gibt es keine höheren Zahlen." Und wie er aus dem Fenster schaut, das gegenüber seinem Bett ist – so selbstbewusst und unerschütterlich. Zudem verhält er sich intelligent und anständig, obwohl es ihm peinlich ist, was hier vor dem Pflegepersonal passiert. Der arme Kerl, er versteht wohl nicht, dass das nur eine Krankheit ist, und in einer Woche wird er sie vergessen haben. Doch wie tapfer er ist! Nicht jeder könnte in seinem Zustand versuchen, alleine zur rettenden Toilette zu gelangen.

Und wie dankbar ihm sein Zimmernachbar für seine aufmunternden Worte ist. Er scheint wirklich ein guter Mensch zu sein.

Nein, er ist mir sehr sympathisch, denkt sie und hilft dem Patienten, sich auf die Seite zu drehen, um das zerknitterte Bettlaken zu richten. Ohne ihn als den jungen Mann von der Post zu erkennen.

Resümee

Ich kann euch erfreuen: Ich habe diese Unbekannte von der Post doch noch gefunden. Wir haben uns im Krankenhaus getroffen.

Und nun sind wir seit zehn Jahren glücklich verheiratet. Dafür bin ich dem Schicksal so dankbar.

Liebe auf den ersten Blick gibt es tatsächlich, und das ist wunderbar. Aber ich verrate euch ein kleines Geheimnis: Ja, es gibt sie, aber bei Frauen! Denn bei unserem ersten Treffen auf der Post hat sie sich unsterblich in mich verliebt.

Und was meint ihr?

Pfalz

Eine Kutsche rast durch das verwüstete Pfalz. Der Konvoi wippt müde auf den Pferden, und in regelmäßigen Abständen tauchen links und rechts strammstehende Wachen auf, die die Reiseroute der Kutsche sichern und den Wagen von einem Posten zum nächsten übergeben. Kein Haar soll den Reisenden ausfallen.

In der Kutsche sitzt der Kaiser selbst, zusammen mit seinen Begleitern: dem Finanzminister, dem Polizeiminister und einem Schriftsteller, dem es gestattet ist, die Chroniken der Ereignisse aufzuzeichnen, an denen das Oberhaupt des Staates beteiligt ist.

Was für ein wunderbarer Herbst in diesem Jahr, dachte der Kaiser. Über dem Land schwebt eine Wärme wie über warmer Milch, und die Luft, die nach ihrem Schaum schmeckt, erinnert dich an den Geschmack deiner Kindheit. Die Kutsche rast gen Osten, den Armeeregimentern hinterher, die stolz über fremdes Land marschieren.

„Monsieur", sagt der Schriftsteller und wendet sich an den Kaiser, wobei er ihre Unterhaltung fortsetzt. „Das Thema Nächstenliebe ist das wichtigste Thema im Leben. Ein unverzichtbarer Bestandteil für das Gefühl der Fülle des Lebens. Entfernt man das Wort ‚Liebe' aus den Lehren des Allmächtigen, verliert es seinen Sinn und wird zu einer problematischen Lehre voller Missverständnisse und Unklarheiten."

„Entfernen Sie den Satz ‚Jedem nach seinen Taten'", greift der Polizeiminister das Gespräch auf, „und selbst dem Allmächtigen könnten Probleme entstehen."

„Was sagen Sie dazu?" fragt der Kaiser den fast schlafenden Finanzminister.

„Monsieur", antwortet dieser, „Geld kümmert es nicht, wer es ausgibt oder wofür. Es liebt einfach gezählt zu werden. Dafür ist es schließlich da."

„Aber warum reden wir über solch traurige Dinge?" Der Polizeiminister wechselt das Thema und blickt verschmitzt zum Kaiser. „Lassen Sie uns über Frauen sprechen."

„Wenn Sie meinen", seufzt der Finanzminister, den das Thema kaum mehr interessiert.

„Monsieur Chronist", wendet sich der Polizeiminister an den Schriftsteller, „ich bin sicher, dass kein Mann auf die Frage, was Frauen wollen, antworten kann."

„Und nicht einmal Sie", entgegnet der Schriftsteller lächelnd. Der Polizeiminister lacht gutmütig.

„Wenn ich arbeite, Monsieur, gibt es für mich weder Männer noch Frauen", sagt der Schriftsteller, „nur Schuldige und Unschuldige."

Der Polizeiminister, der den Schriftsteller nicht mag, denkt: Wie ich diesen Emporkömmling hasse, diesen Schreiberling, der sich das Vertrauen der höchsten Person des Staates erschlichen hat. Eigentlich hätte das mein Posten sein sollen, die Grundlage des Staates, nicht die

Launen dieses Schwätzers. Aber warte nur ab, ich werde mich auf dem literarischen Feld beweisen, und deine Position wird meiner Feder zum Opfer fallen. Das Ende deines Romans wird das Wort ‚Guillotine' tragen. Gib mir nur Zeit.

„Ja, Frauen", murmelt der Kaiser durch zusammengebissene Zähne, als er weiter döst. „Was sagen Sie über sie?"

„Kurz gesagt", antwortet der Schriftsteller, „sie verdienen Bewunderung, und ihre Launen sollten wir, als wahre Männer, als notwendige Bedingung akzeptieren."

„Unsinn", sagt der Polizeiminister. „Launen enden immer in Hörnern", fügt er lachend hinzu.

„Und was meinen Sie dazu?" fragt der Kaiser den Finanzminister, der wieder eingenickt ist.

„Worum geht es?" fragt der Finanzminister verwirrt.

„Um Hörner", lacht der Polizeiminister.

„Wenn wir von der Jagd sprechen", beginnt der Finanzminister.

„Wenn Sie auf der Jagd sind, Monsieur", unterbricht der Schriftsteller den Polizeiminister, „akzeptieren Sie doch auch alle Bedingungen und Launen des gejagten Tieres, oder?"

„Also, sie ist ein Tier?" lächelt der Kaiser. „Interessant."

„Oh nein, Monsieur", protestiert der Schriftsteller. „Eine Frau ist eine Jägerin, eine Amazone in der Liebe – ein Genie."

„Ein Genie ist eine seltene Erscheinung auf dieser Erde", erwidert der Finanzminister. „Und Frauen?"

„Fast jeder zweite Erdenbewohner ist eine Frau", ergänzt der Polizeiminister.

„Vor allem im Krieg", seufzt der Kaiser.

„Und dennoch ein Genie", betont der Schriftsteller entschieden.

„Warum das?" fragt der Finanzminister.

„Weil sie eine Frau ist", lächelt der Polizeiminister.

„Genie und Tier – interessante Wortkombination", sagt der Kaiser. „Sehr, sehr passend."

„Doch jede Ware hat ihren Preis", murmelt der Finanzminister.

„Solche Gespräche sind bedrückend", sagt der Schriftsteller.

„Geld verdirbt viele", grinst der Polizeiminister.

„Nicht das Geld", erwidert der Kaiser, „sondern das Zählen."

„Stimmt, Monsieur", der Finanzminister akzeptiert die Scherzhaftigkeit der Bemerkung. „Aber der Preis und das

Preisschild bleiben bestehen", wiederholt er, und alle lachen.

Dem Kaiser gefallen diese sinnlosen Gespräche während langer Reisen. Er wählte stets Gefährten, die unterschiedlich und nicht immer zueinander passend waren, und genoss das Theater der Worte, das die Leere der Zeit füllte. Dumme Gespräche – warum nicht? Kühnheit in Worten – das darf sein.

Er ist kein Kaiser durch Blut oder Manieren, sondern ein Revolutionär. Ja, ein Revolutionär, der geschickt seine Kanonen auf einer engen Straße in Paris aufgestellt hat und den Feind vor allem mit seinem Verstand und dann mit einem Hagel von Schüssen besiegt hat.

Ein Revolutionär – der Kaiser einer neuen Formation. Ein würdiger Fortsetzer der Ideen und Taten Alexanders des Großen, dachte er. Die Jahrhunderte werden stolz auf mich sein. Gib mir nur Zeit.

Der Kaiser lächelte, als er daran dachte, wie die Französische Disziplin bald auch dieses Land formen wird. Bald wird auch dies unter meiner Krone sein.

Eines Tages werde ich hundert Jahre alt sein

Diese Geschichte spielt sich weder in Speyer noch in Frankfurt oder Berlin ab. Seit zwanzig Jahren lebe ich in Deutschland, und ebenso lange fließt deutsches Blut durch meine Adern, das versucht, meine Mentalität zu ändern. Und mit dem Blick auf das Leben ändere ich mich unmerklich selbst, vielleicht sogar ohne es zu bemerken.

In den ersten Tagen meines Aufenthalts in einer Stadt am Rhein gelang es mir, zur Überraschung vieler, fast auf Anhieb eine Arbeit in meinem Beruf in einer Privatklinik zu finden, wenn auch mit einem gewissen Rückschritt im beruflichen Status. Doch ich war wieder im weißen Kittel, und die Patienten wechselten sich alle dreißig Minuten ab, genauso pünktlich wie die Ziffern auf der großen elektronischen Uhr in unserem Fachbereich.

"Nun, das ist der letzte Patient", dachte ich mir erschöpft, während ich meine Hände an einer rauen Serviette abrieb. Wie schön, dass es immer jemanden gibt, der der Letzte ist – ein lustiger Gedanke blitzte in meinem Kopf auf.

Der letzte Patient an diesem Tag war ein Mann – und was für einer! Allein die Anzahl der Diagnosen auf seiner Karte hätte für eine ganze Fußballmannschaft gereicht. Ich wunderte mich, wie er noch am Leben sein konnte. Seine Krankenakte ähnelte eher einem Physiologiebuch. Der Name war gewöhnlich, und der Vorname war in dieser Gegend typisch. „Womit sollte man beginnen, wenn eine Krankheit die andere auslöst?" dachte ich.

Doch dann fiel mein Blick auf das Geburtsdatum des Patienten, und alles wurde klar. Er war fast hundert Jahre alt. Das Wichtigste war, ihm nicht zu schaden und ihn davon zu überzeugen, dass es ihm nach meiner Behandlung viel besser ging – eine Art Psychotherapie.

Ich schaute auf die Uhr. Es war Zeit. Mit lauter Stimme rief ich seinen Namen. „Fast hundert Jahre alt", dachte ich, „sie werden ihn auf einer Trage hereinbringen". Doch der Vorhang öffnete sich, und ein fitter älterer Herr trat ein.

„Ich bin noch nicht gebrechlich", sagte er mit einem Lächeln.

„Ist das alles Ihrs?" fragte ich ihn und deutete auf seine Krankenakte.

„Vielleicht fehlt etwas, aber das liegt in der Verantwortung der Ärzte."

Ich lächelte. Der alte Mann gefiel mir sofort.

„Entkleiden Sie sich bis zur Taille und legen Sie sich auf den Bauch", sagte ich, „wir werden versuchen, Ihre Wirbelsäule so gut es geht zu korrigieren."

Er zwinkerte mir zu und tat, was ich sagte. Obwohl seine Rückenmuskeln von Krämpfen durchzogen waren, blieb er dennoch kräftig. Unter seinem rechten Schulterblatt gab es tiefe Narben von einer Verwundung und eine schwere Brandnarbe nahe der Schulter.

„Haben Sie erwartet, dass meine Wirbelsäule wie eine alte, kaputte Bürste aussieht?" fragte er scherzend.

„So ungefähr", gestand ich.

„Nein, ich werde gesund sterben", entgegnete er.

„Aber bei Ihren Diagnosen...", begann ich.

„Diagnosen sind keine Heilmittel", unterbrach er mich. „Sie sind für Krankheiten, nicht für Patienten. Stimmt's, Doktor?"

„Stimmt", sagte ich lächelnd. „Mit Ihrem Optimismus werden Sie die nächsten hundert Jahre schaffen."

„Die Zeit heilt nicht, die Zeit flieht", pflegte meine Mutter zu sagen.

Der Mann gewann immer mehr meine Sympathie. Meine Hand glitt über die Narbe unter seinem Schulterblatt.

„Luftwaffe", sagte er, „ein Geschenk von Ihrem Bruder", fügte er hinzu, „bei Charkow."

„Etwas weiter links...", antwortete ich.

„Bedauern Sie das?" fragte er.

Ich schwieg.

„Richtig", sagte er nach einer kurzen Pause. „Wir haben euch viel Unheil gebracht."

„Das wäre gut vorher zu wissen", antwortete ich.

„Ja", stimmte er zu, „aber dann wäre das Leben nicht so, wie es ist."

„Vielleicht ein bisschen besser", erwiderte ich.

„Vielleicht", sagte er, „aber dann wäre es nicht unser Leben."

„Die Grenze zu überschreiten und erst danach zu erkennen, dass man sie auf die schlimmste Weise überschritten hat, ist abscheulich. Aber das Leben lässt sich nicht zurückholen", sagte er nachdenklich. „Es ist wie ein General, und erst mit der Zeit versteht man, dass man nichts versteht."

„Generäle töten nicht", sagte ich. „Es sind die Soldaten."

„Hätte ich das früher gewusst", fuhr er fort, „hätte ich wahrscheinlich weiter links gestanden."

„Aber Sie sind kein Selbstmörder", sagte ich.

„Nein, ich liebe das Leben", erwiderte er. „Ich liebe den Winter, den Sommer und den Frühling."

Manchmal kommt es einem so vor, als sei alles, was einem im Leben passiert ist, in Wirklichkeit einem anderen passiert.

„Ich wünsche Ihnen, dass Ihr 'Aber' Ihnen niemals zum Verhängnis wird", sagte ich.

„Alte Leute werden nicht verlassen", antwortete er, „und ich habe gehört, dass Sie schreiben."

„Nun, wenn man es so nennen kann."

„Die Patienten in der Klinik sagen, dass Sie Schriftsteller sind."

„Ein Amateur, der versucht, den richtigen Reim zu finden", sagte ich.

„Gedichte", sagte er, „das ist großartig! Schreiben Sie auf Deutsch?"

„Nein."

„Schade", sagte er. „Ich hätte gerne etwas von Ihnen gelesen. Aber stattdessen lese ich nur Goethe und Schiller." Dann begann er, Goethe zu rezitieren.

„Respekt", sagte ich.

„Auch ich habe in meiner Jugend versucht zu schreiben, aber ich habe sie nie erreicht."

„Man kann nicht so hoch hinaus", erwiderte ich.

„Versuchen Sie es, mein junger Freund, versuchen Sie es, und sie werden Ihnen danken."

„Danke", sagte ich.

„Danke wofür?"

„Für den guten Rat."

Wir lachten beide.

„Eines Tages", sagte er, „werde ich Ihnen eine Geschichte erzählen."

„Einverstanden", erwiderte ich, „aber nur unter der Bedingung, dass Sie auf dem Bauch liegen und sich nicht bewegen."

„Gut", sagte er lachend, „meine Muskeln brauche ich noch."

Unterwegs nach Auschwitz
(Edith Stein)

Ein seltsamer Zug hielt an einem kleinen Haltepunkt, wo die Eisenbahngleise in verschiedene Richtungen auseinander liefen. Du kannst nach Süden, nach Norden oder vielleicht nach Osten oder Westen fahren. Bitte zögere nicht, fahr los.

Auf dem verlassenen Bahnsteig saß ein alter Mann und rauchte seine Pfeife. Er sonnte sich im ersten Mai-Sonnenstrahl und kaute auf dem Mundstück mit seinem zahnlosen Mund.

Ein verstärkter Polizeidienst schlenderte über die Plattform hin und her und richtete seine Aufmerksamkeit in erster Linie auf die fest verschlossenen Waggontüren und auch in zweiter und dritter Linie auf sie. Noch ein wenig, und der Zug wird abfahren, und dann kann man wieder nach Hause zurückkehren, an einen Ort, wo man in Ruhe bei einer Tasse frisch aufgebrühten Kaffees plaudern und über den Bäcker Ludwig und seine unermüdliche Frau Rose sprechen kann, die in der Anzahl ihrer Untreue ihrem Mann alle möglichen Launen des Herbstwetters übertraf und dabei niemals vom Bäcker auf frischer Tat ertappt wurde, während sie ihm dennoch eine treue und ergebene Frau blieb.

„Ach, wie wunderbar ist Rose im Bett", pflegte Fenfeibel zu sagen. „Die Finger lecken, eine echte Blume!" Und die ganze Wache lachte laut.

Die Fenster in den Waggons waren fest verhangen, und den Passagieren, die in ihnen fuhren, war es strikt untersagt, sich ihnen zu nähern. Der Innenwachdienst arbeitete gewissenhaft.

„Warum stehen wir so lange?" brüllte eine Stimme aus dem Waggon.

„Das Signal ist geschlossen", antworteten sie von der Plattform. „Wir müssen warten."

„Wir warten mehr als wir fahren. Wo ist der Weichensteller?"

„Der Weichensteller ist nicht schuld. Die neue Technik ist noch nicht an ungeduldige Passagiere gewöhnt. Fahrt aus der Ferne?"

„Das ist nicht deine Sache", brüllte die Stimme aus dem Waggon zurück.

„Aus Holland oder was?"

„Ich habe gesagt, es ist nicht deine Sache", brummte der Bote und fügte unzufrieden hinzu: „Ihr döst hier vor euch hin und wahrscheinlich stopft ihr euch die Bäuche voll, während ihr von allem weit entfernt seid." Und er fragte: „Wie heißt die Stadt?"

„Schifferstadt", antworteten sie von der Plattform.

„Ach, ein Stecknadelkopf der Erde. Fahr, fahr!" rief die Stimme mit dem Quietschen der Räder des sich in Bewegung setzenden Zuges. Und der Zug begann, knirschend über die sich kreuzenden Schienen, an Geschwindigkeit zuzunehmen.

„Ach, diese Pommern haben wirklich eine kalte Natur wie ihr Land. Wie können sie sich mit dem weiten Herz des sonnigen Pfalz vergleichen?"

Tränen liefen Edith, die in einem der Waggons saß, von den Augen.

„Kleines, gutes Schifferstadt, wie weit bist du jetzt entfernt?"

Jahr 1924. Eine junge Frau reist nach Speyer, um sich Gott zu widmen. Das wunderschöne Frühlingswetter begleitet den Zug, in dem sie fährt. Die Lokomotive dampft fröhlich und lässt Rauchwolken aus ihrem erhitzten Schornstein aufsteigen. Und selbst bei den Schienenstößen, wenn der Zug hin und her schaukelt, empfindet man unbeschreibliches Vergnügen. Im Allgemeinen liegt das ganze Leben noch vor einem.

Ein junger Mann, der ihr gegenüber sitzt, blättert aufmerksam durch eine Zeitung und richtet seinen Blick mal auf eine, mal auf die andere Seite.

„Kein Leser", denkt Edith und freut sich darüber. „Na gut, rate mal, was er beruflich macht. Ein Kommerzienrat? Nein. Er sieht überhaupt nicht besorgt aus. Ein Beamter? Nein. Beamte sind immer angespannt und selbst in den Ruhepausen durchdenken sie die Unterlagen in ihrem Kopf. Ein Politiker, der vor einer weiteren Rüge der Journalisten zu seinen Eltern geflüchtet ist? Nein, seine Augen sind nicht feucht."

Und plötzlich scheint es ihr, dass sie das Rätsel gelöst hat. Er ist kein Beamter, kein Politiker und auch kein Kapitän der Fernfahrt – schade, das würde ihm stehen. Er ist ein gewöhnlicher Student, der einfach älter aussieht als sein Alter. Vielleicht ist sogar das Alter nebensächlich. Vielleicht ist er ein ewiger Student.

Der junge Mann schielt von dem intensiven Blick seiner Mitreisenden. Er heißt Adolf, fährt sie fort mit ihrem Ratespiel. „Mamas Söhnchen, und natürlich nenne ich ihn meinen lieben Adi. Oder Georg? Oder Hans? Das wäre gut, aber er wird sich mir sicher vorstellen. Mein Name ist Flo. Flo, und das war's. Oder noch lustiger: Kalbratenona", lachte sie.

Der junge Mann gegenüber hob seinen Blick von der Zeitung und stellte sich schüchtern vor.

„Ich heiße Timotheus. Mama und meine Freunde nennen mich einfach Timo."

„Sehr erfreut", antwortete Edith. „Ich heiße Edith."

„Ein wunderschöner Name", sagte er eher mechanisch als interessiert, und sein Blick fiel wieder auf die Zeitung.

„Was steht Neues drin?" drängte sie weiter, als ob es wichtig wäre.

„Es ist besser, nicht zu lesen. Alles auf der Welt ist unwichtig. Sogar schlecht", und er setzte seine Lektüre fort.

„Es gibt keine Hoffnung", gab Edith nicht nach.

Er zuckte unschuldig mit den Schultern.

„Verstanden", sagte sie.

„Interessant, wohin er wohl fährt?" fuhr Edith fort, die Zeit totzuschlagen. „Nach Schifferstadt und dann nach Norden? Nein, nach Norden ist es noch kühl, und er ist fast sommerlich gekleidet – ein leichter Anzug, ein leichter Mantel und dazu Stiefel mit dünner Sohle. Nein, nach Süden vielleicht? Warum nicht. Nein, diesen Gedanken muss ich gleich wieder verwerfen. Wenn er nach Süden fährt, warum hat er dann einen Regenschirm? Geht es nicht auch im Süden regnen?" fragte sie sich selbst.

„Ich fahre in Richtung Saarbrücken", sagte der stille Gesprächspartner. „Und dann nach Paris."

„Nach Paris? Ist Paris für einen Deutschen jetzt erschwinglich?" wunderte sich Edith.

1924 flitzte vor dem Fenster ihres Abteils vorbei. Das Ende des beschämend verlorenen Ersten Weltkriegs konnte man sehen, ohne sich aus dem Fenster zu lehnen. Von Granaten zerfurchte Felder wechselten sich ab mit Ruinen, die einst familiäre Wärme bewahrt hatten.

„Ich bin Lehrer", sagte Timotheus. „Und komme aus Breslau. Und Sie?", fragte er sie.

„Ja, ich wollte es sagen", sagte sie, „ich habe mein ganzes Leben Gott gewidmet und möchte mit seiner Hilfe den Menschen helfen." Und fügte hinzu: „Ich komme aus dem Rheinland."

„Ein schönes Vorhaben", sagte er und, sich verlegen rötend, fügte hinzu: „Unsere Städte sind fast Nachbarn, das verpflichtet ja schon zu etwas."

„Timo, Timo", dachte sie bei sich und probierte diesen Namen auf der Zunge und im Geruch aus. Eine sanfte, warme Welle lief durch sie hindurch.

„Ich bin Mathematiklehrer und werde in einer der städtischen Schulen arbeiten", fügte er errötend hinzu. „Das ist mein erster Arbeitsvertrag."

„Gott, wie riesig diese grünen Augen", dachte sie bei sich, als sie ihn ansah. „Warum brauchen die eine Brille?"

Er nahm die Brille ab, legte die Zeitung zur Seite, streckte ihr seine Hand entgegen, damit sie ihre darauflegen konnte, und sagte: „Lassen Sie uns offiziell bekannt machen." Und fügte schüchtern hinzu: „Offiziell."

„Offiziell", wiederholte sie, und sie lächelten sich an.

Worüber sie auch immer sprachen.

Timo erzählte und zeigte in Mimik die Geschichten, die ihm und seinen Kameraden im Studium passiert waren, und tat das wie ein erfahrener Schauspieler. Zumindest versuchte er es so zu tun.

Sie unterbrach ihn oft und nicht immer zur rechten Zeit, ohne ihn bis zum Ende ausreden zu lassen, und fügte ihre spitzen Bemerkungen hinzu, und zu ihrer Überraschung stimmte er ihnen zu. Und dann erinnerte sie sich an ihre eigenen Abenteuer, die meistens von ihr selbst erfunden und vielleicht sogar von jemand anderem bereits erzählt und nicht ganz glaubwürdig waren. Aber sie wurden von Timo als bare Münze genommen und amüsierten ihn ebenso wie die Erzählerin selbst.

„Mein Gott, wie kurz ist der Weg für ein gutes Gespräch."

„Timo, Timo", dachte Edith verträumt. „Ich werde mich jetzt gleich in dich verlieben, so auf den ersten Blick. Was sagst du dazu?"

„Du gefällst mir", sagte er. Über das Vergnügen, das Edith ihm bereitet hatte, ließ sie ihre dichten, schwarzen Wimpern sinken.

„Wie eine Erzählerin", fügte er hinzu.

„Na gut, du hast es wieder verderbt", bedauerte sie. „Dabei hatte es so gut angefangen, Timo, Timo."

„Frau Stein", sagt der Zugbegleiter des Zuges nach Schifferstadt, „Sie müssen aussteigen." Und er erhöhte seine Stimme zum Durchsagenlautsprecher, um die Fahrgästen in den Waggons anzukündigen:

„Frau Stein", sagte der Zugbegleiter des Zuges nach Schifferstadt, „Sie müssen aussteigen." Und er erhöhte seine Stimme zum Durchsagenlautsprecher, um den Fahrgästen in den Waggons anzukündigen: „Wer nach Speyer, Bad Dürkheim, Germersheim fahren möchte, soll bitte aussteigen. Wer nach..."

„Timo, Timo", denkt Edith, während sie sich von ihrem Mitreisenden verabschiedet. „Leb wohl, meine erste und unerfüllte Liebe."

Der Zug setzt sich in Bewegung, und sie winken sich zum Abschied, bis sie von der immer weiter entfernten Strecke verschluckt werden.

„Was für ein merkwürdiger Zug", fragt der alte Mann einen der vorbeigehenden Polizisten.

„Ach, keine Ahnung. Es wurde befohlen, ihn zu bewachen, also bewachen wir ihn."

„Sie kommen häufig zu uns in letzter Zeit, einer nach dem anderen", sagt der alte Mann. „Ich war in einem von ihnen drin", sagt der andere Polizist und fügt hinzu, „aus Anlass."

„Was haben Sie gesehen?" fragt sein Kollege.

„Es schien mir, als wären dort nur Juden."

„In Viehwaggons?" fragt der alte Mann.

Die Stille hält nicht lange an.

„Der Führer sagt, sie sind es wert, in Viehwaggons zu kommen", sagt einer der Polizisten. „Und der Führer weiß alles."

„Weiß er alles?" fragt der alte Mann und versteckt seinen Blick.

„Wir werden das Gestapo fragen, die wissen es auf jeden Fall. Wer weiß, was?"

„Hör mal, wechsel das Thema", wendet sich der erste Polizist an den zweiten. „Sieh auf die Uhr", und er zeigt auf die über dem Bahnsteig hängende Uhr und erinnert seinen Kollegen an das Ende der Arbeitszeit.

„Der Zug aus Holland", sagt sein Kollege, „das habe ich mir gedacht."

„Woher kommst du?" fragt der alte Mann den anderen Polizisten.

„Auschwitz", antwortet der Polizist.

„Auschwitz?", sagt der alte Mann zu sich selbst. „Irgendwo bei Breslau. Weißt du, wie das Land dort ist?" fragt er ihn. „Steckst du einen Stock in die Erde, wächst ein Baum. Und die Kohlköpfe, die sind riesig", und er zeichnet einen großen Kreis mit seinen Händen. „Wenn du sie mit Schweinerippchen kochst, findest du kein besseres Gericht."

„Timo, Timo", sagt der erste Polizist zu dem alten Mann. „Süßer als das Kraut in der Pfalz, gibt es nichts, noch dazu mit Schweinerippchen. Wenn du schon in der Pfalz lebst, musst du es einfach wissen. Du bist doch ein ehemaliger Lehrer." Und sie verabschieden sich.

„Ach, Timo, Timo", denkt der alte Mann.

Melodie des Meeres

„Warum hast du so schlecht gegessen?" – fragte die Tante.

„Ich will nicht", schmollte das Mädchen.

„Nun, wenigstens solltest du etwas probieren."

„Ich will nicht", widersetzte sich das Mädchen.

„Übrigens liegt auf dem Tisch alles, was du magst", gab die Tante nicht auf.

„Ich will nicht, ich will nicht, ich will nicht."

„Und das Eis?"

„Ich will nicht", sagte das Mädchen entschieden.

Das Mädchen hieß Lory.

Wie schön es an einem heißen Junitag ist, auf der Terrasse zu sitzen, die dem Meerwind offen steht, dessen Atem zu spüren, in die unendliche blaue See zu blicken, ihre Grenzenlosigkeit zu genießen und einen so fernen Segelboot mit einer stolz über den Wellen schwebenden Möwe zu vergleichen.

„Er ist wieder im Gebüsch", beschwert sich Lory. „Er spioniert wieder."

Die Frau lächelt als Antwort: Ach, diese Pubertät.

„Mach doch mal etwas!", fordert die Nichte.

„Aber er tut dir doch nichts Schlechtes. Er schaut nur", sagt die Tante. „Und wenn er ohne Grund schaut, dann hat es einen Grund", fährt sie fort. „Du bist eine Schönheit, und er bewundert dich. Kann man das Verboten?"

„Er bewundert nicht", beruhigt sich das Mädchen nicht, „er schaut, verstehst du, so: er macht große Augen und schaut." – Und sie zeigt, wie der fremde Junge sie anstarrt.

Die Tante lacht.

„Dir ist das lustig, du bist wie alle anderen", empört sich das verzogene Kind.

„Nun, entschuldige, entschuldige." – Die Frau küsst das Mädchen auf die Stirn. „Ich habe einfach schon selbst vergessen, wann man mich so angesehen hat", seufzt die Tante. „Schade, das ist so lange her und so flüchtig gewesen." – Und sie seufzt wieder.

„Nein, du verstehst nichts", schluchzt Lory und schlägt mit der Hand auf die Knie, dann dreht sie sich beleidigt und demonstrativ von ihrer Gesprächspartnerin weg.

„Nun, mach das nicht, sei nicht beleidigt", beginnt die Frau, das Mädchen zu beruhigen, indem sie sie an den Schultern umarmt, als würde sie um Verzeihung für ihr Unverständnis bitten.

Nachdem sie das Mädchen noch einmal geküsst hat, geht die Frau von der Terrasse ins Haus und ruft drohend jemandem ins Leere:

„Hör sofort auf! Wenn ich dich erwische, ziehe ich dir die Ohren lang!"

Das Mädchen bleibt allein. Aus dem dichten, grünen Laub, das das Haus umgibt, schaut der Kopf eines Jungen heraus.

„Petze", sagt er gelassen.

„Affe", antwortet sie wütend.

„Gut", stimmt der Junge zu und zeigt ihr die Zunge, während er komische Grimassen macht.

Das Mädchen tut so, als würde sie ihn nicht bemerken und schaut über seinen Kopf hinweg. Aber der Junge weiß, was er tut, und macht so gekonnt Faxen, dass es einfach unmöglich ist, nicht zu lachen. Und sie hält es nicht mehr aus und prustet vor Lachen. Diese Ermutigung bringt ihm neuen Schwung, und der Junge übertrifft sich in seinen Grimassen, reißt Lächeln und Applaus von derjenigen, die ihm so gefallen möchte.

„Nun, genug", sagt Lory plötzlich mit der Stimme ihrer Tante, „sonst bleibst du mit so einem Gesicht dein Leben lang ein Hässlicher."

„Weshalb denn? Mit welchem Gesicht?" – empört er sich.

„Mit so einem", macht das Mädchen eine Grimasse.

„Nein!"

„Ja!" – und das Mädchen verzieht wieder sein Gesicht.

Zunächst runzelt der Junge die Stirn, dann kann er nicht mehr und lacht. Der Frieden zwischen ihnen ist wiederhergestellt. Aber wie lange?

Es war eine reiche und in der ganzen Umgebung bekannte Villa, die einer Familie von wohlhabenden Ölbaronen gehörte. Er, seine Frau, ihre Nichte, ein paar Hunde und das zahlreiche Personal lebten in einem Haus, das wie eine uneinnehmbare Burg aussah.

Der Mann – der König. Die Frau – die Königin. Die Nichte – eine charmante Prinzessin. Das Dienstpersonal liebte die Prinzessin und versuchte, sie auf jede erdenkliche Weise zu verwöhnen. Und überhaupt, alle, die sie kannten, waren ihr gegenüber sehr freundlich. Selbst der König, der mürrisch und ständig mit seinen langweiligen Berechnungen und ermüdenden Telefonaten beschäftigt war, schmolz wie der April-Schnee allein bei ihrem Anblick. Nur dieser unangenehme Junge, der ständig hinter ihr her spionierte, Grimassen schnitt und Unfug trieb, wollte in ihr nicht sehen, was alle anderen bewunderten, und das beleidigte die Prinzessin sehr.

Die Sonne begann sich bereits hinter der fernen Linie des Horizonts zu verstecken. Es war Zeit für die Prinzessin, zum Klavier zu gehen und die Tonleitern zu üben. Und die Straße wartete schon auf den Burschen.

„Komm morgen nicht!" sagt das Mädchen in einem kategorischen Ton.

„Doch, ich komme! Niemand kann mir das verbieten! Was bist du schon – eine Prinzessin!"

„Und du…"

„Ich bin ein Affe", hilft ihm der Junge auf die Sprünge.

„Nein, du, du bist einfach…"

„Einverstanden", unterbricht er sie erneut. „Ich habe es verstanden. Bis morgen!"

„Affe!", ruft das Mädchen ihm nach.

„Das ist ja auch eine Meerjungfrau", antwortete ihm das Laub und bewegte sich nicht mehr.

Auf der Terrasse erschien die Gouvernante namens Inga, ein junges, hübsches Mädchen, das mehrere Fremdsprachen fließend sprach. Sie ging zur Prinzessin und...

Oh mein Gott, es stellte sich heraus, dass das Mädchen nicht einmal stehen konnte. Vom Gehen ohne fremde Hilfe ganz zu schweigen.

Inga setzte ihre Schülerin in einen Rollstuhl, und im nächsten Moment war die Terrasse leer. Und einen Augenblick später ertönte das Geräusch des aufgeschlagenen Klavierdeckels, und anstelle einer unangenehmen Tonleiter erklang eine zarte und traurige Melodie.

Dieser alte Mann liebt das Meer nicht. Er kommt oft zu ihm, sitzt aber fast immer mit dem Rücken zur glatten Wasseroberfläche. Er hört nur dem Meer zu, während er das Rauschen der Wellen und den Geschrei der krächzenden Möwen in sich aufnimmt. Der Blick des Alten ist fast immer auf die schöne Villa gerichtet, die über der Klippe thront und von dichtem Grün beschattet wird. Manchmal lächelt er sie an, manchmal laufen ihm die Tränen über seine faltigen, unrasierten Wangen, und dann seufzt er lange und schwer. Zu seinen Füßen drängen sich streunende Katzen, die sich an den Hosenbeinen seiner Hose reiben. Für sie hat der alte Mann immer etwas auf Vorrat, mal ein Stück Wurst, mal einen Fischschwanz.

„Georg!" ruft ihn jemand von der Uferpromenade. Der Alte dreht sich träge um und erwidert widerwillig den Gruß, während er weiter über etwas nachdenkt, das nur ihn betrifft.

Der Junge und das Mädchen liebten sich, ohne sich selbst auch nur einzugestehen, was sie füreinander empfanden. Einige Jahre vergingen, sie wuchsen heran.

Das Mädchen verwandelte sich in eine schöne Dame, wenn da nur...

Der Junge wurde zu einem stattlichen jungen Mann, wenn da nur...

„Wenn mein Flug nicht wegen des schlechten Wetters in Toronto Verspätung gehabt hätte, wäre ich schon gestern rechtzeitig nach Hause gekommen", entschuldigte sich der König bei der Prinzessin. „Dann hätte ich an deinem Treffen mit Mikiel teilgenommen. Ich finde, er ist ein ganz netter Kerl."

„Das Wichtigste ist, dass er nicht arm ist.“

„Reichtum ist keine Sünde“, lächelt der König. „Wir sind so lange über den Ozean geflogen, dass ich müde bin. Mikiel ist wirklich kein schlechter Kerl.“

„Onkel, vielleicht heiratest du ihn selbst?“ – Die Prinzessin wird traurig, sie denkt an ihr eigenes Schicksal.

„Unsinn. Ein Mann kann nicht einen Mann heiraten.“

„Doch, das kann er sehr wohl!“ – neckt die Prinzessin ihn.

„Hör auf, das ist ekelhaft“, verzieht der König das Gesicht. „Wenn man über den Ozean fliegt, zieht das Wasser einen an, besser gesagt, es saugt einen ein. Ich bin wirklich müde“, sagt er und drückt seine rechte Hand an die Wange und fügt hinzu: „Denk daran, Mikiel ist wirklich kein schlechter Kerl.“

Der König küsst seine Nichte und verlässt die Terrasse. Das Mädchen bleibt wieder allein mit dem Meer. Und das Meer beginnt mit dem Rauschen seiner Wellen zu ihr zu plaudern. Es erzählt ihr von allem: von den Fischen, die nicht verstehen, wie sie sich verhalten sollen und deshalb bereit sind, sich gegenseitig zu fressen. Von den warmen Strömungen, die ihre Pflichten vergessen und statt die Seepferdchen oder die gerade geschlüpften Fischlein zu wärmen, unerwartet verschwinden, ohne verständliche Gründe vom Kurs abzukommen. Die entstandene Leere wird sofort von kaltem Wasser überflutet. Und es ist so schwer, alles wieder an seinen

Platz zu bringen. Die Wellen bringen Geschichten über gesunkene Schiffe, die ewigen Frieden auf dem Meeresgrund gefunden haben.

Das Mädchen und das Meer tuscheln miteinander über beliebte Fernsehmoderatoren, Politiker, Künstler und überhaupt über vieles, vieles mehr.

Der Junge, den die Prinzessin liebt, geht zum ersten Mal auf eine lange Reise, und sie bittet das Meer, gütig und nachsichtig mit ihm zu sein. Das Meer rollt eine Welle ans Ufer und zieht sich mit schaumigen Rändern zurück. Es verspricht dem Mädchen, den Jungen zu beschützen. Allerdings gibt es ein „aber". Das Schiff wird über den Ozean fahren. Kann das Meer Einfluss auf den ungezähmten Charakter des Ozeans nehmen? Es, das Meer, wird sein Bestes tun, denn die Prinzessin ist ihm keineswegs fremd. Es wird sicher ein gutes Wort für unseren Jungen beim Ozean einlegen. Das Mädchen und das Meer führen ihren nur ihnen verständlichen Dialog fort.

Wie leicht es ist, ein Versprechen zu geben, und wie schwer, sich daran zu erinnern.

Der alte Mann dreht sich mir zu und sein zahnloser Mund beginnt eine Melodie zu summen. Sie klingt ganz anders als jedes Lied, das ich je gehört habe. Es ist eher kein Lied, sondern ein Stöhnen, und es läuft mir ein Schauer über den Rücken. Und das, was von meinem Haar übrig geblieben ist, beginnt meinen Hut zu heben. Woher kam diese Melodie zu dem alten Mann?

Er unterbricht das Lied im Halbtönen und beginnt zu sprechen, als würde er behaupten oder fragen:

„Aus der Erde – in die Erde? Nein, aus dem Wasser – ins Wasser."

Und ohne eine Antwort abzuwarten, geht er gebeugt in Richtung der Stadt.

„Hey, Georg", ruft ihn jemand wieder von der Uferpromenade. Aber der alte Mann dreht sich nicht um und setzt seinen Weg fort.

In diesem Herbst wollte der Sommer nicht gehen, und man könnte leicht sagen: „Was für ein heißer August ist das jetzt." Aber schaut auf den Kalender, welcher August ist da? Und wollt ihr nicht lieber Oktober? Der November steht vor der Tür, und trotzdem brennt die Sonne! Es ist ein reines Vergnügen. Ich sitze ganz nah am Wasser und atme die salzige Spritzwasser der Meereswelle ein.

Es hilft und macht Freude.

Genau in einem solchen Herbst verbreitete sich die Nachricht in der Stadt. Der junge Mann war gestorben. Das Schiff, mit dem er in See gestochen war, hielt dem Sturm irgendwo in der Gegend der Seychellen nicht stand und sank wie ein Stein in die Tiefe, zerbrochen vom Ozean.

Die Prinzessin weinte vier Tage und vier Nächte, und ihre Tränen waren salziger als das Meerwasser.

Das Meer tobte vier Tage und vier Nächte. Es konnte sich seine dumme Vertrauensseligkeit nicht verzeihen. Es hatte dem Ozean so geglaubt. Und was war mit ihm? Er war ruhig und dachte an etwas Eigenes, majestätisch mit seinen Wellen spielend. Nicht umsonst wurde der Ozean als weise und groß bezeichnet.

Am fünften Morgen ging die Königin zum Fenster im zweiten Stock, von wo aus man einen weiten Blick auf die Terrasse und das Meer hatte. Die Panoramaansicht war atemberaubend. Plötzlich schrie die Frau. Sie schrie schrecklich, durchdringend. Aber es war schon zu spät.

Die Prinzessin, die im Rollstuhl zum Rand der Terrasse gefahren war, stand plötzlich auf. Es war unglaublich, aber es machte aus irgendeinem Grund nicht froh, sondern beunruhigte. Lori machte einige Schritte zum Geländer, das die Terrasse vom Abgrund trennte, und beugte sich nach unten, verschwand aus dem Blickfeld.

Das Meer nahm das Mädchen auf.

Der junge Mann ist nicht gestorben. Ja, das Schiffsunglück war schrecklich. Ja, es gab sehr viele Opfer, besonders unter den Passagieren. Das Schiff zerbrach in zwei Hälften wie eine Walnuss.

Aber der junge Mann überlebte. Er hatte Glück und hielt sich an einem vorbeischwimmenden Baumstamm fest, der aus dem Nichts kam. Es war das Providence, das ihm Rettung geschickt hatte. Als ihn nach fünf Tagen eine Fischerboot auflas, war er gefroren, hungrig und kaum am Leben. Aber seine Seele, die Seele lebte weiter. Der einzige Wunsch des Geretteten war zu schlafen. Und er schlief, schlief und schlief.

Die Mutter des jungen Mannes war fast verrückt vor Freude, als er nach Hause zurückkehrte. Um ehrlich zu sein, hatte ihn schon lange niemand mehr erwartet, und in der kleinen Kirche, nicht weit vom Ufer, zündete jeden Tag jemand eine Gedenkkerze an.

Ein bekannter Priester traf den jungen Mann in der Stadt, machte das Kreuzzeichen über ihn und sagte:

-Nun, jetzt wirst du lange leben.

-Ich habe nichts dagegen, - antwortete der junge Seemann.Der junge Mann wurde langsam und vorsichtig über den Tod der Prinzessin informiert. Ein Unglück kann jedem passieren.

Jetzt schien es, als sei seine Seele gestorben, während sein Körper weiter lebte.

Der junge Mann war plötzlich abgemagert, begann zu trinken und wurde mit eigenen Augen älter. Er ging oft zur Villa, ging hinunter zum Meer, schaute ihm stundenlang zu und hasste es.

Das dauerte lange, aber das Leben ging seinen Gang, und eines Tages trat eine neue Liebe in sein Herz in Form einer schelmischen und jungen Eiskioskverkäuferin. Bei ihnen klappte alles wunderbar. Er begann wieder ins Meer zu gehen und wurde sogar Kapitän. Wenn er aus fernen Ländern zurückkehrte, trafen ihn Treue, Liebe und Frieden. Am vertrauten, von der Zeit abgeriebenen Pier wartete seine schöne Frau und zwei wohlgenährte, fröhliche und lebhafte Jungen auf ihn.

Sie warteten auf ihn.

Ich glaube, er war glücklich.

„Das ist ja völliger Unsinn", wendet sich der Steuermann an den eilig herbeigerufenen Kapitän. „Nach allen Seekarten und Nautischen Anweisungen sollten wir jetzt auf freiem Meer fahren, aber vor uns, genau auf unserem Kurs, zeichnet sich eine Landzunge ab. Wenn wir unseren Kurs nicht ändern, werden wir direkt mit dem Bug dagegen stoßen."

Der Kapitän schaut auf das Navigationsinstrument.

„Du hast recht", sagt er. „Uns steht eine Begegnung mit dem Land bevor", und er vergleicht sich mit der offenen Karte, die auf dem Tisch liegt.

„Seltsam", neigt sich der Kapitän weiter über die Karte. „Wir sind hier schon mehr als einmal gefahren, aber das erste Mal stoßen wir auf so einen Unsinn." Er kratzt sich mit dem Zeigefinger am Kinn und schlägt dem Steuermann vor: „Geh ein bisschen weiter nach links."

„Verstanden", antwortet dieser.

Das Schiff legt sich sanft auf die linke Seite und versucht, das unerwartete Hindernis zu umfahren.

„Komisch", sagt der Steuermann, „wenn sie es schon nicht in die Seekarte aufgenommen haben, was an sich ein Verbrechen ist, hätten sie wenigstens einen

Leuchtturm aufstellen können. Weder Licht noch Funksignal, erstaunliche Verantwortungslosigkeit."

Der Kapitän hat heute einen Glückstag. Während er in seiner Freizeit mit einem alten Freund Karten spielt, hat er anscheinend das Glück am Schopf gepackt und gewinnt ständig. Er gewinnt alles, was auf dem Spiel steht. Auch wenn das Spiel nur zum Zeitvertreib und zur Bekämpfung der maritimen Langeweile gedacht ist, die mit ihrem salzigen Wind von allen Seiten um ihn herumdrängt und ihn umdreht, ist der Gewinn doch angenehm. Mag es auch klein sein, aber es ist angenehm, bei Gott, angenehm.

Die Hand des Steuermanns legt sich auf die Schulter des Kapitäns.

„Kapitän, er ist wieder auf Kurs."

„Nehm noch weiter nach links."

„In Ordnung."

Aber auch dieses Manöver hilft nicht.

„Dann nach rechts", verlangt der Kapitän.

„Verdammtes Ding, ich habe das Gefühl, dass es uns angreift."

Der Stück Land kommt unaufhaltsam näher zum Schiff. Und schon geht der Befehl ins Maschinenzimmer.

„Stoppt die Maschinen!"

Die Motoren werden abgeschaltet, das Schiff geht in Drift auf dem ruhigen Pazifischen Wasser und verharrt im Erwartung des unvermeidlichen Aufpralls auf unbekanntes Land. Und als dieser Aufprall bereits unvermeidlich scheint, gibt der Kapitän den Befehl:

„Volle Fahrt voraus!"

Mit einem fantastischen Manöver gelingt es, eine Katastrophe zu vermeiden. Der Steuermann richtet den Kurs und das Schiff passiert fast an dem aus dem Ozean ragenden, unerwarteten Felsen vorbei.

„So ist es gut!" sagt der Kapitän und wischt sich den kalten Schweiß von der Stirn. „Mach den Ton lauter", bittet er den Steuermann und nickt in Richtung des Radios.

Eine fesselnde Melodie, die aus dem Empfänger strömt, ist einfach und klingt sogar irgendwie vertraut. Die Stimme, die das Lied singt, ist rein und schön. Nein, ganz bestimmt hat er sie irgendwo gehört.

„Das ist ja völliger Unsinn", sagt der Wachtmeister. „Das ist kein Radio, das kommt von da", und mit einer Kopfbewegung zeigt er auf das langsam am linken Bord des Schiffes vorbeiziehende Land.

Als ob es dem grauen Kapitän gefällt, gewinnt die Stimme an Kraft und klingt noch lauter und strahlender. Der Kapitän erkennt die Melodie, die Melodie, die aus seiner Kindheit ertönt.

Wir sitzen mit dem alten Mann auf der Terrasse eines kleinen Cafés. Ich habe ihm ein Glas Rotwein bestellt, während ich selbst Mineralwasser trinke. Die Ärzte raten mir, mein angeschlagenes Herz nicht zu belasten.

Draußen ist es heiß, aber wenn wir über das Meer sprechen, zuckt mein Gesprächspartner zusammen, als wäre draußen dreißig Grad Frost.

„Es war ein Albtraum", lispelt er mit seinem zahnlosen Mund. „Jedes Mal, wenn ich diesen Kurs fuhr, tauchte diese Berg plötzlich direkt vor meiner Nase auf. Doch kaum waren wir vorbeigekommen, sank er wieder auf den Grund."

Ich schwieg.

„Dort war etwas Unheimliches", sah der alte Mann verschwörerisch zu mir. „Ich habe andere Seeleute befragt. Aber keiner von ihnen hatte in diesen Gewässern Probleme. Ich habe alle verfügbaren und unzugänglichen Seekarten durchforstet – sie verzeichneten nichts! Ich ließ Luftaufnahmen dieses Ozeanabschnitts anfertigen. Alles umsonst. Die Insel erschien nur, wenn ich das Schiff führte. Und dieses Singen..."

Der alte Mann nahm den Wein in kleinen Schlücken, doch die Hand, die das Glas hielt, zitterte und verriet seine Nervosität.

„Dieses Singen", fuhr er fort, „wendete mich nach innen. Ich kannte jeden Ton auswendig, und es schien mir, dass sie, die Prinzessin, mir ihr Lied sang, das sie damals in unserer Jugend nicht zu Ende singen konnte."

Der alte Mann seufzt.

„Ich begann zu trinken. Verlor wieder meinen Job. Meine Frau verließ mich, die Kinder wandten sich von mir ab. Ich wurde überflüssig. Nur die Meerjungfrau erinnert sich an mich. Jedes Mal tritt sie in mich ein und singt mit meiner Stimme, damit ich mich nie einsam fühle und sie niemals vergesse."

Der alte Mann steht auf, ohne seinen Wein auszutrinken, und geht in Richtung des Fischmarkts, ohne sich zu verabschieden oder umzudrehen.

Der Barkeeper, der mit einer hübschen Besucherin im kurzen Rock abgerechnet hat, schaltet das Radio ein.

Aus dem Radio ertönt die die Seele erfrierende Melodie, die der alte Mann gestern sang.

Hinter der offenen Tür

Es war gestern.

Ich stehe am Fenster und schaue auf die alte Stadt, die zwischen den Bergen verborgen liegt, und die Stadt sagt zu mir: „Es war gestern."

Zwei Buben, die sich in einem Haufen Schnee, vermischt mit Schlamm, wälzen, kämpfen verzweifelt gegeneinander.

Diejenige, um die sie sich gestritten haben, steht auf einem kleinen Hügel über ihnen und schaut stolz auf sie herab. Wie sie sich festkrallen, als ginge es um Leben und Tod! Mit welchen kräftigen Schlägen sie sich gegenseitig belohnen und wie tapfer sie die schmerzhaften Treffer ertragen, das ist wirklich eine Märchen!

Einer der Kämpfenden gehört zur niederen Schicht, er ist ein ganz normaler Bürger, der andere ist der Träger einer gepuderten Perücke, die ihn allein durch ihre Existenz über seinen Gegner in dieser unangenehmen Vergnügung erhebt. Zwar liegt die Perücke, die längst vom Kopf gefallen ist, friedlich in der Ferne von den Kämpfenden, aber der Stolz auf ihren Besitz lodert im Herzen ihres Eigentümers.

„Hier habt ihr's!", schreit der Kutscher einer vorbeifahrenden Kutsche. Die Pferde tragen ihn ohne Halt weiter.

Die Rivalen sind zu sehr in den Kampf vertieft, um den Ruf zu hören.

„Was soll das für ein Unfug sein?!", empören sich die Passanten und gehen ihren Weg.

Aber die Kämpfenden hören auch nicht auf sie. Nur die, wegen derer sie sich so verzweifelt schlagen, kann von ihnen gehört werden. Sie spricht ihr gewichtiges Wort:

„Jonas, du wirst mich nach Hause bringen. Du hast gewonnen! Und du, der Geigen-Schlüssel", wendet sie sich an den Perückenbesitzer, „geh nach Hause und lerne deine langweiligen Übungen!"

Und das Mädchen, sich wie eine Königin umdrehend, geht stolz und langsam in Richtung ihres Hauses, das hinter dem hohen Turm des Rathauses liegt.

Der Sieger läuft freudig hinter ihr her und zeigt seinem Gegner, der auf dem zertretenen Schneerondell sitzen geblieben ist, zum Abschied die Zunge.

Merkwürdig, wie die Liebe ist. Wie sie dich erniedrigen, in kleine Stücke zerreißen kann, und das genau in dem Moment, wenn du von ihr Freude und Glück, Lächeln und die Bereitschaft erwartest, dir vollständig, ganz und gar und für immer zu gehören.

Und wenn du gerade mal fünf Jahre alt bist und in einem Alter bist, in dem Kompromisse unbekannt sind, was kannst du dann tun? Du musst aufstehen, den Wams sauber machen, die Perücke finden, den anhaftenden Schmutz von den Schuhen klopfen und nach Hause gehen, wohl wissend, dass es zu Hause Ärger geben wird, und zwar gewiss. Und für die Verspätung, und für das Aussehen, und für die beschämende Note, die du für die nicht gelernten Musiklektion, ganz zu Recht, vom Lehrer für das „junge Talent" bekommen hast.

Übrigens, da ist er. Der vertraute rote Mantel weht im Wind.

„Herr Andreas", sagt er zu dem Jungen, „alles, was ich vor wenigen Minuten gesehen habe, zeichnet Sie nicht von der besten Seite. Ihr Vater würde das nicht billigen."

Herr Andreas denkt genauso, aber was soll man tun? Was soll man tun?

„Ich begleite Sie", sagt der Lehrer. Und sie gehen zusammen, den Berg hinauf, dem herabfallenden Schnee entgegen.

„Die Musik duldet kein Gewalt", sagt der Mann im roten Mantel lehrhaft.

„Und die Liebe?", fragt der Schüler.

„Die Liebe?", hebt der Lehrer überrascht die Augenbrauen über die so erwachsene Frage des fünfjährigen Jungen. „Die Musik lebt und atmet von der Liebe. Sie existiert auch wegen der Liebe."

„Und die Liebe?"

„Die Liebe", fährt der Mann nachdenklich fort, „unterscheidet die Musik und bringt sie so nahe an sich heran, dass sie manchmal zu einer Einheit verschmelzen.

Und dann entsteht Harmonie und der Sinn des Lebens wird klar und rein, wie die Aprilsträne, die von den Eiszapfen an den Dachrinnen der Häuser tropfen."

„Ich werde viel lieben", sagt der Junge ernsthaft.

„Sie werden viel lieben", stimmt der Lehrer ebenfalls ernsthaft zu.

„Ich werde Musik sein, um mit der Liebe in Harmonie zu verschmelzen."

„Sie werden reine und gute Musik sein", präzisiert der Gesprächspartner.

„Und niemand wird sich jemals trauen zu sagen, dass es nicht so war."

Und die zwei Figuren, eine große und eine kleine, verschwinden aus meinem Blick hinter der alten Rathausbiegung.

Am nächsten Morgen fragt der Vater beim Frühstück den Jungen:

„Hast du schlecht geschlafen in der Nacht?"

Andreas weiß nicht, was er antworten soll.

„Ja oder nein?", wird der Vater ungeduldig. „Bitte schweigen Sie nicht!"

„Ja", antwortet der Sohn leise.

„Und warum?"

„In mir klang Musik."

„Es ist gut, dass sie in dir endlich erklungen ist", sagt der Vater und kaut einen saftigen Stück Kalbfleisch. „Sogar sehr gut, aber erlauben Sie mir zu fragen, warum sie plötzlich und unerwartet zu dir gekommen ist?"

Der Junge schweigt.

„Hat dein gestriges Zuspätkommen, der zerrissene Wams, die Perücke, die, entschuldigen Sie, zu einem Stück Mist geworden ist...", und als ihm auffällt, dass das grobe Wort nicht seinem hohen gesellschaftlichen Stand entspricht, korrigiert er sich, „zu einem alten Besen, den die Hausherrin wegen Unbrauchbarkeit hinausgeworfen hat, etwas damit zu tun?"

Der Junge schweigt.

„Na gut", fährt der Vater seufzend fort. „Wenn du mir nicht sagen willst, ist es auch gut. Aber zeig mir sie wenigstens."

Der Junge schweigt.

„Andreas", ertönt eine bedrohliche Note in der Stimme des Herrn. „Belügst du mich?"

Andreas fasst sich ein Herz und beginnt, die Melodie zu summen. Ganz schön, sage ich Ihnen.

„Nicht schlecht", sagt der Vater, „ganz und gar nicht schlecht. Wir müssen die Melodie aufschreiben, damit sie nicht vergessen wird."

„Ich habe sie schon aufgeschrieben", überrascht der Sohn den Vater und zeigt ihm ein Blatt mit Noten. Und wir lesen die Noten zusammen mit ihm, und erneut erklingt seine Stimme, die mit dieser wunderbaren Melodie verschmolzen ist. Erstaunlich!

Das Frühstück ist beendet.

„Aber trotzdem, was hat dich dazu gebracht, die Hilfe der Musik in Anspruch zu nehmen?" – gibt der Vater nicht auf.

„Sie wird trotzdem meine sein!", springt Andreas plötzlich von seinem Stuhl auf und stößt mit seinem Ärmel die teure Porzellanschüssel um, die mit einem lauten Krachen zu Boden fällt und in tausend Stücke zerbricht, wobei sie die friedlich am Tisch sitzenden Familienmitglieder erschreckt.

„Er spricht von der Musik", ruft der Hausherr stolz aus. „Er wird ein echter Musiker werden!"

„Ich werde diesem Aufschneider Jonas beweisen, was ein richtiger Mann ist!", und ohne auf jemanden oder irgendetwas vor sich zu achten, schlägt der Junge mit aller Kraft die Faust auf den Tisch.

Es war gestern, und heute... Heute kommt ein berühmter Musiker und Komponist in diese kleine Stadt. Er ist noch jung, aber so talentiert! Seine Oberlippe hat noch nicht gelernt, richtig zu wachsen, und dennoch ist er ein unübertroffener Meister seines Fachs. Und das sagen nicht nur die Passanten auf der Straße, um ihre Langeweile zu vertreiben, sondern auch die großen Musiker, deren Meinung man hören sollte, verkünden es laut und deutlich. Zudem ist er charmant, glücksbringend und so schön, dass die Herzen der Frauen den Weg unter den Hufen seiner Pferde auslegen.

Andreas kehrt in die Stadt zurück, in der er seine Kindheit verbracht hat. Er kommt nicht für immer zurück, sondern nur kurz. Aber wie sehr sich alle freuen! Die alten Damen tuscheln über ihn, die jungen Mädchen, die auf die Ehe hoffen, seufzen, und die wichtigen verheirateten Matronen schauen ihn bewundernd an. Seine musikalischen Werke erregen Begeisterung, und der Marktplatz kennt kein anderes Thema. Wie schade, dass seine Eltern diesen Tag nicht erlebt haben! Wie schade, dass sein Lehrer seine zauberhaften Melodien nicht hören wird! Und gab es ihn wirklich? Hat er existiert, und wie hieß er? Man sagt, Andreas' Vater habe ihm die Grundlagen der Musik beigebracht, aber von dem Mann im roten Mantel hat niemand gehört. Lebt er noch, ist er gestorben, und wenn ja, wo ist er begraben, wo?

Aber ist das überhaupt wichtig? Hauptsache, es gibt einen Komponisten, und er kommt aus ihrer Stadt. Bei ihm läuft alles ganz gut.

Es lebe Andreas!!!

Es lebe die Musik!!!

Es lebe wir!!!

Ein junger Mann steigt aus der Kutsche, trägt einen wunderschönen Wams und eine frisch gepuderte Perücke. Seine Bewegungen sind elegant, seine Manieren sind makellos. Man sieht ihm an, dass er es gewohnt ist, in den höchsten Kreisen zu verkehren, in der Gesellschaft von Königen. Und dennoch – keine Arroganz: Obwohl er seinen Wert kennt, geht er damit leicht und sorglos um, ganz kindlich.

Die Öffentlichkeit ist in ihrer Begeisterung hingerissen, und selbst die Sonnenstrahlen streicheln ihn auf besondere Weise.

„Andreas! Hier bin ich dir...," ruft der Kutscher der vorbeifahrenden Kutsche, und die Pferde tragen ihn weiter.

„Was für eine Freude, Sie wiederzusehen," bewundert ein Passant und eilt seines Weges.

Aber wo ist Jonas? Wo ist sie, wegen derer er hierher gekommen ist? Nein, sie sind nicht da. Er sieht sie nicht.

Neben einer Pfütze, dort, wo einst die Jungen ihre Ehre verteidigten, sitzt ein blinder alter Mann mit einer ausgestreckten Hand. Er ist blind und gebückt.

„Andreas," sagt er, „ich höre deine Musik und muss nicht traurig sein, dass mein Blick die Welt nicht wahrnimmt. Ich sehe sie durch deine Klänge."

Der junge Mann legt eine kleine Münze in die offene Hand des Bettlers.

„Wenig," besteht der Bettler darauf.

Andreas zieht eine ganze Handvoll Goldstücke aus seiner Geldbörse.

„Danke," bedankt sich der Blinde, „Gott gebe dir alles," klingt seine Stimme als Segenswunsch hinterher.

„Er hat mich einfach nicht bemerkt", seufzt die ehemalige erste Liebe des Komponisten, und ein Schmerz zerreißt ihr Herz. Wie sehr wünschte sie sich, von ihm erkannt zu werden, aber er hat sie nicht bemerkt. Vielleicht wollte er das nicht? Vielleicht hat er sie auch einfach nicht erkannt, tröstet sie sich selbst. Mit den Händen das Gesicht verdeckend, strömt sie in Tränen aus. Sie hat recht, wie sollte man in dieser von den Schwierigkeiten geprägten, übergewichtigen und weniger schönen Frau die erkennen, die ihn dazu brachte, der zu werden, der er ist?

„Na, und was soll's. Na, und gut", beruhigt sie sich erneut. Man kann zu Hause ein paar Gläser starken Wein trinken und sich mit Jonas ins Bett kuscheln, ohne auf die Nacht zu warten. Ist er denn schlechter als dieser Wicht? Und Jonas küsst so, dass einem kalt den Rücken herunterläuft. Lass ihn wissen, dieser Violinenschlüssel, dass er für sie nichts bedeutet. Schade nur, dass die Tränen aus ihren Augen fließen. Nicht aus Freude, nicht aus Rührung, sondern aus Verletztheit.

Es war heute. Und morgen?

Nun, es ist gekommen. Morgen ist schnell und unaufhaltsam gekommen. Und doch schien es, dass es so weit entfernt war und dass noch viel Zeit vor uns lag.

Obwohl Andreas' Werke noch in aller Munde sind und die Gedanken und Seelen mit ihrer himmlischen

Schönheit bewegen, ist er selbst längst vergessen. Ja, und wer braucht schon einen Idol mit so einem abscheulichen Charakter! „Wissen Sie, was er am Hofe des Erzherzogs angestellt hat? Und am Hofe…?". Sagen Sie lieber, an welchem Hof er nichts angestellt hat? Haben Sie Schwierigkeiten? So sieht es aus! „Und was sagt der große Maynd über ihn, den Musiker für alle Zeiten, haben Sie gehört?" „Ja, ja, es riecht nach Plagiat. So sieht es aus!"

„Und wie viele Frauen haben unter ihm gelitten, im wörtlichen und übertragenen Sinne, wissen Sie das?"

„Süßer Junge."

„Und das Talent?"

„Jeder von uns leidet unter diesem Wahnsinn. Schade, dass nicht alle so bescheiden sind, es zur Schau zu stellen, um sich anderen zur Belustigung anzubieten."

Andreas wird von den Adligen nicht mehr eingeladen. Goldene Kreuzer belasten seine Geldbörse nicht mehr wie früher. Er kommt mit dem Nötigsten über die Runden. Seine abgedroschene Perücke liegt auf einer hölzernen Bank, die an einer feuchten Wand steht. Die alte, staubige Perücke hat längst vergessen, wann ihr Besitzer sie zuletzt aufgesetzt hat.

„Wäre es nicht schön, wenn jemand etwas bestellen würde", denkt der Komponist mit Wehmut.

In Europa wütet die Pest. Die Menschen sterben wie Fliegen. Auch in seinem eigenen Schicksal wütet die

Pest, und die Hände sinken von selbst herab. Dabei gibt es noch so viel zu erledigen!

Er schaut auf die Flöte, die auf dem Klavier liegt, und denkt an die Oper, die nach ihr benannt ist. „Sie ist unvollendet. Ich muss es schaffen."

Die Musik fließt schwer. Das beunruhigt ihn. Denn er weiß, dass er lebt, solange die Musik in ihm lebt. Aber wer kann garantieren, dass sie ihn nicht verlässt, bevor er das letzte Notenzeichen schreibt?

Die Tür öffnet sich ohne Klopfen. Der Hereingekommene weiß, dass sie nicht verschlossen ist, da er der Besitzer des kleinen Zimmers ist, das er dem verarmten Musiker vermietet.

„Herr Andreas", sagt er. „Ich bin wieder gekommen, um Sie an Ihre Mietschulden zu erinnern. Es ist nun schon der vierte Monat, in dem Sie Ihren Verpflichtungen nicht nachkommen können."

„Ich werde bezahlen", antwortet der Komponist grimmig und denkt an etwas anderes. „Etwas später."

„Sie sollten selbst verstehen", beharrt der Besucher, „dass Geld noch niemanden aufgehoben hat. Und auch meine Familie muss ich ernähren."

„Ich werde bezahlen", wiederholt Andreas. „Etwas später."

„Ich höre diese Phrase nun schon zum x-ten Mal von Ihnen. Es wäre an der Zeit, sie auch zu erfüllen."

„Ich werde bezahlen", antwortet der alte Mann, der über das Notizbuch gebeugt sitzt.

„In einer Schuldenfalle zu sitzen, ist wie in einem Massengrab zu liegen", sagt der Vermieter und geht, ohne auf Andreas' Antwort zu achten.

„Ich werde bezahlen. Ich werde auf jeden Fall bezahlen", ruft es ihm nach.

Andreas schlägt mit der Faust auf den Tisch und schreibt dann sehr schnell etwas in sein liniertes Notizbuch. Ja, er hat einen neuen Klang gefunden, und sofort antwortet das Klavier mit den gerade geschriebenen Noten.

In der Nähe des städtischen Friedhofs sitzt ein Bettler mit ausgestreckter Hand. Es regnet leicht. Der Bettler ist gleichgültig. Er sitzt da, hält seine Hand für Almosen aus und summt leise eine Melodie. Die Passanten eilen vorbei: einige aus Geschäften, andere nach Hause, ohne den Bettler zu bemerken. Nur ein einziger nähert sich ihm.

„Andreas", sagt er zu dem Bettler, „ich höre deine Musik." Und er wirft ihm eine kleine Münze in die Hand.

„Wenig", murmelt der Bettler.

„Natürlich, es ist wenig", stimmt der Geber zu. „Kann man das mit der Gnade vergleichen, die dir der Allmächtige gewährt hat und mit der du so ungeschickt umgegangen bist?"

„Wenig", lässt der Bettler nicht locker. Er versteht seine Sprache nicht.

„Bittet lieber Ihn darum", sagt der Mann spöttisch und zeigt mit den Augen zum Himmel. Lachend geht er weg.

Aber kann Andreas beleidigt werden? Er versteht nur eine Sprache – die Sprache der Musik.

Die Tür zu Andreas' Zimmer öffnet sich erneut. Ohne den Kopf von dem Notenblatt zu heben, sagt er:

„Ich werde bezahlen" und fährt fort zu schreiben.

Der hereingekommene Mann sieht aus wie vom Karneval: Er trägt eine Maske und einen roten Mantel. Ohne eingeladen zu sein, betritt er das Zimmer und setzt sich auf einen wackeligen Hocker.

„Ich werde bezahlen", wiederholt der Komponist, unterbricht die Stille und bleibt bei seiner Arbeit.

„Ein bisschen später", sagt der Unbekannte und fügt hinzu: „Ich weiß. Deshalb bin ich zu dir gekommen. Ich brauche ein Requiem. Ich möchte eine Bestellung aufgeben."

„Ja, ja", stimmt Andreas mechanisch zu, ohne den Sinn des Gesprächs zu erfassen. „In der Schuldenfalle, wie in einem gemeinsamen Grab."

Plötzlich dringen die Worte des Unbekannten zu ihm durch.

„Du gibst eine Bestellung auf?" – fragt er überrascht.

„Ja."

„Du brauchst ein Requiem?"

„Und zwar ein gutes."

„Erstaunlich", sagt Andreas und erhebt sich vom Tisch. „Du brauchst ein Requiem."

„Dir", korrigiert ihn der Mann im roten Mantel. „Dir brauchst du ein Requiem."

„Ich bin bereit", stimmt der Komponist schnell zu, damit der Auftraggeber, Gott bewahre, nicht umschwenkt. „Wann? Welcher Zeitraum?" – ihn interessiert der Preis nicht, genug, dass endlich jemand seine Musik braucht. Andreas kann seine Aufregung nicht verbergen, seine ungehorsamen Finger zittern gierig, in Erwartung der Noten, die nun auch für jemand anderen wichtig sind.

„Hier ist eine Anzahlung", fällt mit einem Klirren ein prall gefülltes Geldtäschchen auf den Tisch. „In zwei Wochen. In zwei Wochen muss das Requiem fertig sein."

„Zwei Wochen", wiederholt der Komponist für sich. „Aber das ist so wenig!"

„Zwei Wochen", gibt der Unbekannte nicht nach. „Mehr Zeit hast du nicht." Der Mann mit der Maske verschwindet im Türrahmen.

Der Requiem gelingt nicht, die Noten überschichten sich. Die Klänge verursachen starke Kopfschmerzen und ein dumpfes Geräusch in den Ohren.

„So lange habe ich nicht mehr auf Bestellung gearbeitet", denkt Andreas. „Habe ich es etwa verlernt?"

Die Kerzen brennen zu schnell und zwingen die Nacht dazu, schnell voranzuschreiten. Und die Seele leidet immer noch unter der unvollendeten Oper. Auch sie, die Oper, beansprucht einen Teil von ihm. Es ist schwer. Der Komponist trinkt morgens, um am Abend wieder zu sich zu kommen. Und sobald die Dunkelheit über die Stadt hereinbricht, erwachen die Klänge in seinem Kopf von selbst.

Zwei Wochen vergehen wie im Flug. Andreas erwartet mit Angst seinen Auftraggeber. Nein, das Requiem ist noch lange nicht fertig. „Früher hat es irgendwie besser geklappt", denkt er erschöpft.

„Natürlich besser", stimmt der Mann im roten Mantel zu, als hätte er seine Gedanken gelesen, und tritt lautlos ins Zimmer ein.

„Ah, Sie sind schon da", wundert sich der Komponist nicht. „So leise und unauffällig."

„Du sitzt da und denkst an etwas", antwortet der Unbekannte, „es ist kein großes Kunststück, unbemerkt zu dir zu kommen. Schade, dass du nichts zu stehlen hast", und mit einem Grinsen seufzt er: „Schade, dass du nichts zu stehlen hast."

„Schade", stimmt Andreas ihm zu.

„Ist das Requiem fertig?"

„Ich brauche noch ein paar Tage."

„Ist das Requiem fertig?" – wiederholt der maskierte Mann.

„Ich brauche nur ein paar Stunden, Meister."

„Zeig, was du hast", verlangt der Unbekannte. Er nimmt die Skizzen der Partitur in die Hand, die Andreas geschrieben hat, liest sie, und dann, als würde er mit jemandem Unsichtbarem zustimmen, sagt er:

„Wie immer. Einfach und genial."

„Ich brauche nur ein paar Tage", handelt Andreas. „Ich muss es beenden."

„Tage?" – wundert sich der Mann im roten Mantel. „Sieh, es ist doch schon fertig." – Und der Unbekannte zeigt Andreas das Heft, an dem er ununterbrochen gearbeitet hat. – „Ja, das Requiem ist völlig fertig. Und deine Oper", fährt er fort, „ist einfach großartig. Besonders ihr Ende. Bist du überrascht?"

Der maskierte Mann nimmt einen geschliffenen Federkiel vom Tisch, und dieser beginnt über den Notenlinien zu huschen. – „Siehst du, wie einfach alles ist? Deine Hand führte meine Hand." – Ohne Andreas Zeit zu geben, sich zu besinnen, befiehlt der Unbekannte:

„Kleid dich an. Sie warten bereits auf uns."

„Wo?" – fragt Andreas unsicher.

„Dort, wo du die dir zustehende Bezahlung für deine Musik erhalten wirst."

Sie treten in die Nacht hinaus und gehen durch die ganze Stadt. Wagen voller Leichen kommen ihnen entgegen. Die Pest wütet weiterhin. Aus einem der Wagen schaut unter einem verrutschten Sack ein blasses, wächsernes Gesicht hervor. Andreas zuckt vor Entsetzen zusammen. Sein Doppelgänger sieht ihn mit einem blind wirkenden Blick an.

„Fürchte dich nicht", beruhigt ihn sein Begleiter. „Es ist nicht das, was du denkst. In der Welt gibt es so viele ähnliche Seelen."

Und beide verschwinden um die Ecke des alten Rathauses aus meinem Blick.

Die Oper von Andreas hört nicht auf, die kommende Zeit zu überraschen. Und das Requiem lässt das Blut in den Adern gefrieren.

Man denkt wieder an ihn. Man bewundert ihn erneut.

„Aber wo ist er, wohin ist er verschwunden?" – fragen seine Nachbarn über ihn.

„Er ist geflohen, um nicht zu zahlen."

„Vielleicht ist er gestorben", verteidigen ihn andere. „Und jetzt schaut er von oben auf uns mit seinem kindlichen Lächeln."

„Oder vielleicht hat er seine Seele dem Teufel verkauft?" – und sie wechseln ins Flüstern und kreuzen verzweifelt sich.

„Vielleicht", sagt jemand, „kam das Talent selbst zu ihm, und nachdem es ihn in sich aufgelöst hat, nahm es ihn mit und ließ ihn für immer in seiner Musik wohnen!"

Vielleicht?

Und ich antworte:

„Vielleicht. Alles ist möglich."

„Und wer wird mir meine Miete zurückzahlen?" – und bis heute regt sich der Vermieter der Kammer, in der der Musiker hauste, darüber auf. – „Wer?"

Der Zweig der Sakura

Kann man einen gesättigten, von gegessenen Speisen aufgeblähten Meeresfisch dazu bringen, eine zusätzliche Portion zu verdauen? Nein?

Ja! Natürlich, ja! Man muss nur sehen, wie das kräftige Jungs an einer der Stationen der Tokyoter U-Bahn machen.

Die Türen des Waggons öffnen sich, und dessen Inhalt beginnt sich zu bewegen, lächelt und wartet auf neue Passagiere. Noch einen Moment, und wir sind alle eng aneinander gepresst, wie Sardinen in einer Dose. Gewandte Hände unter dem Motto: „Es gibt Platz für alle im Waggon!" schieben die Unachtsamen von der Plattform in die U-Bahn, als ob sie ausschließlich für die Sauberkeit der Plattform sorgen wollten. Der minimale Abstand zwischen den Passagieren ist beseitigt, und wir alle verwandeln uns in eine Einheit.

Das Mädchen ist so eng an mich gedrängt, dass selbst meine Frau diese Nähe beneiden würde. Unser Atem vermischt sich, unsere Blicke lassen sich nicht abwenden, und schon beginnen unsere Gedanken, sich zu berühren:

„Entschuldigung", entschuldigen sich meine Gedanken. „Ich bin hier nicht schuld."

„Was Sie, was Sie", murmeln ihre Gedanken. „Das sollten Sie mich entschuldigen", und interessiert fragt sie nett: „Sind Sie neu hier?"

„Ja", antworten meine Gedanken.

„Gefällt es Ihnen?"

„Sehr", gestehen meine Gedanken aufrichtig.

Das Gesicht des Mädchens errötet. „Ich meine unser Land", präzisiert sie.

„Es gefällt mir einfach wunderbar, und das Land auch", sage ich.

Ich habe das Gefühl, dass es nicht mehr möglich ist, noch mehr zu erröten, aber ihr gelingt es.

„Sind Sie schon lange bei uns?" – fragt sie weiterhin gedanklich.

„Zwei Tage."

„Für lange?" – und halb bestätigend-halb fragend fügt sie hinzu: „Die Sprache wissen Sie natürlich nicht?"

„Absoluter Nullpunkt."

Ihre Lippen lächeln weiter, und es scheint mir, dass der enge Ring völlig zufälliger Menschen, die mich umgeben, und die ganze riesige Welt jenseits von ihm mir ihr Herz öffnet.

- Das ist nicht einfach ein Pferd, das einen Reiter trägt. Es ist ein stolzes, durch Zeit und das Blut seiner Vorfahren geschultes Ross einer berühmten Rasse, das nur einem nicht weniger edlen Menschen in Abstammung und gesellschaftlichem Status gehören kann. Und ihre Ahnenlinien müssen übereinstimmen, als würden sie sich zu einem einzigen Fluss vereinen, um die vollkommene Harmonie der Durchdringung zweier unterschiedlicher

Welten zu gewährleisten, in denen sich Stolz – ohne jede Angebermentalität – und Mut – ohne auffällige Prahlerei – ansammeln. Und dann werden die Bewegungen der Seele von selbst über die niederträchtigen Gewohnheiten des umgebenden Rudels erhaben sein.

In diesem gewöhnlichen Dorf, das sich zwischen sanften Hügeln drängt, die in einen stolz erhobenen Berg übergehen, lebten gewöhnliche Bauern, die von frühmorgens bis spät in die Nacht auf den Reisfeldern schufteten. Gebeugt von harter Arbeit, wie die Zweige der Kirschblüte von einem unerwarteten Wind, kehrten sie mit von Wasser geschwollenen Füßen nach Hause zurück, wie Reiskörner, die anschwellen und den Geschmack der Erde aufnehmen, um ihn in einem kleinen Schluck Sake wiederzugeben.

Das Mädchen hieß Yoko. Der Junge hieß Akira.

„Yoko", erklärte Akira seinem Freund. „Du musst den Drachen fester halten, damit der Wind ihn dir nicht aus den Händen reißt. Und das Seil musst du immer so drehen", und der Junge zeigte, wie es geht. „Dann wird der Drache flach auf die Welle des Windes liegen und unweigerlich aufsteigen, wie ein großer Vogel, der seine Flügel ausbreitet."

Yoko nickt verständnisvoll und versucht, das Gehörte zu wiederholen, aber ein starker Windstoß reißt den Drachen aus ihren Händen.

„Ach du!", ruft der Junge der Ungeschickten zu und rennt dem Papierdrachen hinterher. Wie gut, dass dieser leblos ganz in der Nähe zu Boden fällt und es nicht weit ist, ihm nachzulaufen.

Das Mädchen setzt sich enttäuscht auf die Knie und verdeckt ihr Gesicht mit den Händen, lässt jedoch einen Spalt zwischen ihren gespreizten Fingern, um das Geschehen zu beobachten.

Akira lässt den Drachen erneut in die Luft steigen, und dieser gewinnt schnell an Höhe und fliegt, während er mit seiner Brust die aufkommenden Wellen des Windes durchschneidet.

Der Junge schenkt Yoko einen flüchtigen Blick seiner Freude und steuert erneut geschickt sein Geschöpf, bewundernd, wie sein langer, bunter Schwanz im Wind flattert. Und schon scheint es Akira, als ob nicht der Drache, sondern er selbst über die Erde schwebt und die erstaunlichen Klänge eines Liedes hört, das wie eine Quelle aus der Seele des Mädchens strömt. Das ist Yoko, die singt. Und schon scheint es auch ihr, als ob nicht das Lied, sondern sie selbst über die Erde schwebt. Sie und Akira schweben zusammen, wie zwei große Vögel.

„Was für ein schönes Paar", sagt ein alter Bauer zu seiner Frau.

„Ja", stimmt seine alte Frau ihm zu.

Die Zeit vergeht, und auf seinem weißen Pferd, während er durch die umliegenden Gegenden reitet, erscheint plötzlich der Besitzer des Schlosses, das über der steilen Klippe thront.

Das Gerücht über das Mädchen, dessen Schönheit mit dem Sonnenaufgang verglichen werden kann, zieht diesen erfahrenen Samurai an, der grausame und blutige Schlachten erlebt hat.

Armer Akira, wie leid tut mir dein Schicksal! Es ist leichter, den Tod der Liebe zu ertragen, als ihren Diebstahl.

Ärmste Yoko! Nur die ankommende Regenzeit kann mit der Menge an Tränen verglichen werden, die du in der Stunde der Trennung vergossen hast.

Der stolze Samurai, der die kindlichen Leiden ignoriert, entführt seine nächste Beute auf seinem weißen edlen Pferd.

Eine Frau sollte das Familienfeuer hüten und versuchen, es nicht erlöschen zu lassen. Sie sollte die Wünsche des Mannes verlängern, indem sie ihn mit ihrer Unterwerfung und Gehorsamkeit anheizt.

Was kann ihn mehr berühren als der schüchterne, gesenkte Blick im Gespräch mit ihm, als das zitternde Zärtlichkeit, die ihm seine Auserwählte vollständig und ohne Rest schenkt?

Und woher soll er wissen, woran sie in diesem Moment denkt, wen sie in ihren Träumen ruft und in ihren Fantasien streichelt?

Ein Rätsel, lass uns besser mit der Teezeremonie fortfahren. Denn in diesem Jahr ist das Teeblatt besonders schmackhaft und duftend. Sein Aroma berauscht nicht weniger als ein wohlklingendes Tanka.

Yoko denkt den ganzen Tag über an Akira. Wie ist er jetzt? Ist er noch so schlank und schön? Ist er ebenso klug und stolz? Und wessen Locken streicheln seine Hände in der Nacht?

Ihr Herz schmerzt unter diesem Verlust, und es wird niemals geheilt werden, wie die tosenden Tsunamis an der Küste nicht die Inseln bedecken können, auf denen die Liebe noch lebt!

An diesem Tag zeichnete Yoko, wie immer voller Sehnsucht, mit einem feinen Pinsel Hieroglyphen und formte komplizierte Striche und Schwünge, als jemand ganz in der Nähe heiser hustete.

Yoko war von dem plötzlich auftauchenden alten Mann mit dem grauen Bart überhaupt nicht überrascht. In jener Zeit schüchterten die Geister, die vom Fuji herabstiegen, nicht mehr durch ihr Erscheinen ein.

Der alte Mann schaute sich ihr Geschriebenes an und sagte: „Nicht schlecht, ganz und gar nicht schlecht. Deine Hand ist fest, und darin leben noch Glaube und Hoffnung.“

„Was reden Sie da,“ antwortete sie und senkte verlegen den Blick.

„Sei nicht bescheiden, sei nicht bescheiden,“ sprach er und setzte sich ihr gegenüber.

Nachdem sie ein wenig über das Wetter, die Ernteprognosen und die Kriege, die ferne Inseln erschütterten, gesprochen hatten, und er entschieden abgelehnt hatte, etwas zu essen, sich auf seine Beschäftigung und den Mangel an Zeit berufend, fragte der alte Mann unerwartet Yoko, wie stark das Gefühl in ihr lebe, das sowohl eine Brücke zum Himmel bauen als auch alles um sich herum und mit sich selbst zerstören könne.

Die junge Frau antwortete nicht, nur ihre Wangen glühten scharlachrot.

Der Geist des Fuji schaute sie aufmerksam an und sagte:

„Du kannst mir nicht antworten, Mädchen. Ich habe die Antwort in deinen Augen gelesen.“ Der alte Mann streichelte seinen grauen Bart und fuhr fort: „Ich werde dir helfen. Hör gut zu.“ Er nahm einen tiefen Atemzug und, nachdem er eine Weile geschwiegen hatte, begann er seine Geschichte:

„Als die Erde sich darauf vorbereitete, zum Leben zu erwachen, herrschten Kälte und Winter. Der Schnee lag wie ein großer weißer Teppich, und das Eis fesselte alle Flüsse und Meere mit seinem starken Griff. Doch plötzlich kamen zwei kleine Vögel, aus dem Nichts hierher geflogen. Sie liebten sich so sehr, dass sie die um sie herum herrschende weiße Stille nicht einmal bemerkten. Für die Liebe gibt es nur die Gesichter derjenigen, die unsere Herzen erinnern.

Die Vögel begannen, ein Nest zu bauen. Das war eine harte Arbeit, glaub mir. – Der alte Mann räusperte sich und sprach wieder. – Woher bekommt man alles, was man braucht, um ein sicheres Zuhause zu bauen? Aber die Vögel schafften es. Sie bauten ein Nest, und es wärmte mit seiner Wärme ein kleines Stück Erde unter sich.

Der Geist des Berges hustete lange erkältet, dann erklang erneut seine leise, melodische Stimme.

„Die Vögel flogen irgendwohin, unbekannt wohin. So ist das Leben. Aber der kleine Kern, den sie mitbrachten, fiel in den Boden und an diesem Ort wuchs und breitete sich der göttliche Kirschbaum aus.

„So geschieht es, so geschieht es," bestätigte ich und mischte mich in ihr Gespräch ein, und Yoko nickte mir zustimmend zu.

„Als die Kirschblüten erblühten," erzählte der alte Mann weiter, „bewunderte die Sonne sie und streichelte die Erde mit ihren Strahlen, so großzügig, dass der Frühling unerwartet und ungebeten auf die Erde kam, den Schnee schmolz, das Eis zerbrach und alles um sich herum in leuchtenden Farben malte.

Ihr Gesprächspartner lächelte geheimnisvoll und fuhr fort. „Aber die Wärme dauerte nicht lange. Der Winter kehrte zurück, und durch seinen kalten Atem fror alles in uns ein. Der Frühling schien den Weg zu unseren Herzen verloren zu haben. Aber…"

„Ist es bequem für Sie zu sitzen?" unterbrach die Gastgeberin besorgt ihren Gast.

„Ja, es ist bequem, Tochter, es ist bequem," antwortete er liebevoll und freute sich, dass es auch jemanden gab, der sich in dieser Welt um ihn sorgte. „Aber von der gefrorenen Kirschblüte blieb ein kleiner Zweig übrig, der die Erinnerung an den Frühling bewahrte. Und der Frühling fand mit diesem Zeichen, das in der kalten Erde verloren war, den Weg zurück und kehrte in unsere Herzen zurück.

„Der Zweig der Kirschblüte," wiederholte Yoko nachdenklich.

Der alte Mann schaute sie aufmerksam an. „Yoko, wisse, wir messen viele Leben an uns. Aber in den neuen, kommenden, erinnern wir uns niemals an das, was in den vorhergehenden geschah. Und das ist richtig. Jedes Leben sollte auf einem sauberen Blatt beginnen. Andernfalls verliert alles seinen Sinn. Aber es gibt ein „aber"…

„Der Zweig der Kirschblüte," wiederholte die Frau fasziniert.

„Bewahre ihn, wenn du diese Welt verlässt. Werde er, und derjenige, den du liebst, wird dich in eurer nächsten Leben erkennen," verabschiedete sich der alte Mann, während er in Richtung des grauen Berges ging.

Ich weiß nicht, warum Akira seinen Sohn zu den Mauern des Samurai-Schlosses führte. Vielleicht ganz zufällig, oder vielleicht, weil der fliegende Drache, den sie flogen, ihnen den Weg wies und sie auf einem der Hänge landeten, über dem die unüberwindliche Burg thronte.

Der Papierdrache freute sich wie gewohnt über die Begegnung mit der Höhe, und der kleine Junge führte ihn geschickt (man spürte die erfahrene Hand des Vaters) durch die geheimen Ecken des klaren, wolkenlosen Himmels.

„Wieder hat uns die Höhe zusammengeführt", dachte die Herrin des Schlosses und bewunderte ihren fliegenden Traum, der so gehorsam den beiden kleinen Figuren folgte, die ihn mit starken Händen hielten und am Fuße des Felsens standen.

Yoko sang und, wie in der fernen Kindheit, schien es ihr, als würden sie zusammen mit Akira, Hand in Hand, in die Höhe steigen und frei fliegen, als ob es keine Zeit gäbe, die sie trennte.

Die Herrin des Schlosses ging in die andere Welt und hielt einen Zweig der Sakura an ihre Brust gedrückt.

Ihr Mann hatte nichts gegen den seltsamen letzten Wunsch seiner Frau.

Nun, bald kommt die Haltestelle, an der ich aussteigen muss.

„Wie heißt du?" frage ich mental das Mädchen, das immer noch dicht an mich gedrängt von der Menge ist.

„Yokko", antwortet sie ebenfalls mental.

„Ein schöner Name", lasse ich mich nicht beruhigen. „Wahrscheinlich verheiratet mit Lennon?"

„Nein", lächeln ihre Gedanken und nehmen meine scherzhafte Stimmung auf. „Und nicht mit Lenin."

„Wie heißt der Glückliche?"

„Akira!", antwortet sie stolz.

Ganz wie in der Geschichte, die jemand aus unserem Waggon erzählt hat, um die lange Reisezeit irgendwie zu verkürzen.

„Kinder?"

„Einen Sohn."

„Wunderbar. Aber schade", sage ich.

„Schade?" – wundert sie sich, während sie sich bemüht, sich dem Ausgang zuzuwenden. „Ah, Sie finden es wahrscheinlich schade, dass Sie kein Japanisch sprechen?"

„Nein", antworte ich, „ich finde es schade, dass Sie einen Ehemann haben."

Yokko lacht ansteckend. Ich lache auch, um nicht blamiert dazustehen vor den neugierigen Blicken ihrer Landsleute.

Der Zug hält an. Die Menge trägt uns auf den Bahnsteig. Ich verliere Yokko aus den Augen und bemerke sie erst wieder, als sie auf der Rolltreppe nach oben mit einem Zweig der Sakura zum Abschied winkt.

Kopf oder Zahl

Die Berge sind so hoch, dass man den Kopf in den Nacken legen muss, um ihre Gipfel zu sehen. Unbequem. Aber welche Freude, an einem heißen, sonnigen Tag ihre schneeweißen Spitzen zu erblicken.

„Das ist Puderzucker", sagt Malvina, die neben mir auf dem gemütlichen Hotelbalkon mit den geschnitzten Holzgeländern sitzt. „In der Nacht streut der Bergkönig Puderzucker über seine Untertanen, also die Berggipfel, wie über Torten in einer Konditorei, damit sie nicht an Anziehungskraft verlieren."

„Das fehlt ihnen nicht", widerspreche ich und denke bei mir, während ich in die blauen Augen von Malvina schaue: „Wenn es sie nicht gäbe, müsste man sie erfinden."

„Und was ziehen sie dich an?" fragt meine Gesprächspartnerin.

„Anmutlosigkeit", antworte ich und deute auf unsere komplizierten Beziehungen.

„Das ist doch nichts Besonderes", bemerkt sie den Unterton nicht. „Jeder Berg hat seinen eigenen Weg, um auf den höchsten Gipfel zu gelangen", und sie lächelt schelmisch. „Man muss nur wissen, wie man ihn findet."

„Gibt es wirklich keine unbesteigbaren Berge?" frage ich besorgt.

„Berge nicht", schüttelt sie den Kopf und fügt traurig hinzu. „Wir Frauen verstehen uns da besser als ihr, eingebildete Eroberer der Gipfel."

Ich greife nach ihrer Hand und halte ihre Hand fest in meiner. Sie bleibt völlig ruhig und lässt mir gnädig die Wärme ihrer Finger genießen.

Italien. Provinz Trentino. Ein kleiner Bergkurort. Samstag. Halb neun Uhr morgens.

„Wie heißen Sie?" frage ich meine Gesprächspartnerin.

„Warum möchten Sie meinen Namen wissen?"

„Aber ich muss Sie doch irgendwie ansprechen. Außerdem gehört es sich einfach, sich beim Kennenlernen, selbst wenn es kurz ist, vorzustellen. Und wir scheinen uns ja schon kurz kennenzulernen", versuche ich, einen Scherz zu machen.

Sie holt eine ein Euro-Münze aus ihrer Tasche und reicht sie mir.

„Wenn der Adler kommt, sage ich Ihnen meinen Namen. Wenn es die Zahl ist, dann ist es nicht Schicksal."

Ich werfe die Münze in die Luft und fange die im Sonnenlicht glänzende Nickel Schönheit wie ein Jongleur. Mit klopfendem Herzen betrachte ich eine Ewigkeit meine fest geschlossene Hand. Ich öffne meine Finger und zeige Malvina die Münze auf meiner Handfläche.

„Adler", verkünde ich siegreich.

„Oh", seufzt sie scheinbar enttäuscht und nennt widerwillig ihren Namen.

„Was für ein bezauberndes Wesen", denke ich. „Wenn es sie nicht gäbe, müsste man sie erfinden."

Italien. Provinz Trentino. Ein kleiner Bergkurort.
Samstag. Neun Uhr morgens.

Ein kräftiger alter Mann, offenbar der Vater des Hotelbesitzers, pflanzt unter unserem Balkon Kartoffeln in einem kleinen Garten.

„Ist das der Bergkönig?", frage ich meine Gesprächspartnerin.

„Ja", nickt sie zustimmend und bringt ihren Finger an ihre vollen Lippen, um geheimnisvoll zu sprechen. „Aber kein Wort darüber, einverstanden? Das ist ein Geheimnis, und niemand darf es wissen."

„In Ordnung", flüstere ich ihr als Antwort zu und spiele mit. „Abgemacht."

Die Frau schaut mich überrascht an.

„'Abgemacht'", erkläre ich, „bedeutet in der Sprache der Berge ‚einverstanden'."

„Sie sind einfach ein Polyglott", sagt sie spöttisch. „Aber wenn es abgemacht ist, dann ist es abgemacht."

Der Bergkönig steckt vorsichtig die keimenden Knollen in die Löcher und streut weißen Pulver darüber, nachdem er die Erde geebnet hat.

„Zucker?", frage ich Malvina.

„Nein", korrigiert sie mich. „Es ist nur Dünger."

„Aha", tue ich empört. „Wenn es um die Berge geht, dann ist es Zucker, und wenn es um Wunden geht, dann ist es Salz?!"

Der alte Mann unten hört unser Gespräch zwar, kümmert sich aber nicht weiter darum und macht unbeeindruckt mit seiner Arbeit weiter. Das Summen der Fliegen und das unverständliche Geschwätz von Ausländern interessieren ihn nicht.

Jeder hat seine eigenen Ambitionen.

„Darf ich Sie küssen?", frage ich mutig.

„Aber alle schauen zu", protestiert Malvina und zeigt mit der Hand auf die leeren Bergtäler. „Was werden wir ihnen beibringen?"

„Ich mache es sanft, ganz leicht", entschuldige ich mich.

„Na gut, wenn es leicht ist, dann sei es so", und sie hält mir gnädig ihre Wange hin.

Doch ich küsse sie auf die einst so gehorsamen Lippen. Sie schließt die Augen, und ich sehe, wie sich ein kleines kristallines Tränchen an ihren langen Wimpern festsetzt.

Italien. Provinz Trentino. Ein kleiner Bergkurort. Samstag. Neun Uhr fünfzehn Minuten.

„Wir bleiben ohne Frühstück", sage ich zu meiner Frau, die mir gegenüber auf dem gemütlichen Hotelbalkon mit geschnitzten Holzgeländern sitzt. „Wir müssen uns beeilen."

Sie bewundert die schöne Berglandschaft und möchte nicht gehen.

„Es ist Zeit, es ist Zeit", dränge ich.

Malvina steht widerwillig auf, und wir stehen uns so nahe gegenüber, wie es einmal war.

„Werden wir zusammen bleiben?", halte ich sie mit meiner Frage auf.

Sie schweigt.

„Lüg nicht, bitte", dringe ich weiter. „Was denkst du?"

In meiner Hand befindet sich wieder eine ein-Euro-Münze.

„Wenn es Kopf ist", sagt meine Frau, „dann ja, wenn es Zahl ist ..."

Es folgt eine Pause.

Ich lasse das Schicksal fliegen; es erhebt sich hoffnungsvoll und funkelt in der Sonne mit seinen glänzenden metallischen Kanten. Ich versuche, es zu fangen, aber es gleitet unerwartet aus meinen Fingern und rollt vom Balkon hinunter, direkt zu den Füßen des Bergkönigs.

„Was ist da?", rufe ich ihm zu. „Kopf oder Zahl?"

Der alte Mann, der mir keine Beachtung schenkt, steckt die Münze ruhig in seine Tasche.

„Bitte", flehe ich. „Schauen Sie doch und sagen Sie, dass es Kopf ist. Ich weiß, dass es Kopf ist!"

Der Effekt bleibt der gleiche. Für ihn sind wir nicht existent.

„Ist er etwa taub?", suche ich Mitgefühl bei Malvina und füge hinzu: „Du kannst dir sicher sein – es ist Kopf. Ich bin mir sicher. Und du?"

„Es ist Zeit zu frühstücken", weicht sie der Antwort aus und schließt die Balkontür hinter sich.

Italien. Provinz Trentino. Ein kleiner Bergkurort. Samstag. Morgen. Neun Uhr dreißig Minuten.

Kreuzworträtsel

Der alte Mann ließ sich müde mit seinem soliden Gewicht und Alter auf eine steinerne Bank nieder, atmete tief durch und ließ seinen Blick gedankenverloren über die halbzerstörte Bühne des antiken griechischen Amphitheaters gleiten.

„Wie geht es dir, meine Gute?", fragte der Junge das Mädchen. Sie saßen drei Reihen unter dem alten Mann.

„Manchmal nichts Besonderes", antwortete sie, „manchmal sogar schlechter. Nun, insgesamt", seufzte sie theatralisch und verstummte.

„Nun, insgesamt?", fragte er nach.

„Insgesamt ist es natürlich großartig", lachte das Mädchen.

„Wenn es großartig ist, freue ich mich für dich."

„Und ich auch."

„Heiß", dachte der alte Mann, „egal wann man hierher kommt, es ist immer heiß, eine Stadt ohne Schatten. Man könnte gleich zu Hause bleiben!"

„Und was wurde hier früher aufgeführt, weißt du das nicht?", erkundigte sich das Mädchen beim Jungen.

„Nun, wahrscheinlich etwas von Euripides oder Sophokles, auf jeden Fall etwas sehr antikes griechisches und sehr Tragisches."

Die Ruinen des Amphitheaters füllten sich allmählich mit umherstreunenden Touristen.

Der Junge richtete vorsichtig eine Strähne des dichten kastanienbraunen Haares des Mädchens.

„Schatz", sagte er bittend, „lass uns heiraten?"

„So gleich?"

„Warum nicht?"

„Aber hier haben wir nicht einmal Zeugen", sagte das Mädchen ratlos und zuckte mit den Schultern. „Wen könnten wir als Zeugen nehmen?"

„Wie wen?", wunderte sich der Junge. „Ich würde zum Beispiel Odysseus einladen, er ist kein Langweiler und, wie man so sagt, ein cleverer Kerl."

„Er ist ein Lügner", lachte sie. „Er wird sofort jedem erzählen, dass wir ein ernsthaftes Paar sind."

„Ist das denn nicht so?"

„Ist das denn so?"

„Ja, das ist es! Wir lieben uns."

„Das Wort ‚liebe' versteckt sich im Kreuzworträtsel waagerecht: fünf Buchstaben, der letzte ist ‚ю'", sagte sie lehrreich.

„Für Odysseus wäre es ein Leichtes, dieses Wort zu entschlüsseln", schmunzelte er.

Der alte Mann sah auf seine Uhr. „Noch eine Stunde Zeit", stellte er fest.

„Aber trotzdem, Scherze beiseite. Lass uns heiraten!"

Das Mädchen nahm seine Hand, als Dank für seinen Vorschlag, und sagte:

„Nein, in diesem Jahr bleibt alles vorerst wie im letzten."

„Und im nächsten Jahr, wie immer, ja?", fügte der Junge unzufrieden hinzu.

„Was ist das für ein Vogel, der da zwitschert?", sagte das Mädchen und lauschte dem Gesang eines unbekannten Vogels. Man sah, dass sie versuchte, das unangenehme Thema des Gesprächs zu wechseln.

„Das ist eine Katze, die maunzt", antwortete der Junge beleidigt.

„Also", dachte der alte Mann, „wie viel Zeit bleibt mir noch? Zehn Minuten für den Weg zur Verkaufsbude, zehn Minuten für den Kauf von Zigaretten, da meine bereits ausgegangen sind, und zehn Minuten von der Bude zur Bushaltestelle. Also bleiben mir noch eine halbe Stunde."

„Sei nicht böse", sagte das Mädchen versöhnlich, „sei kein Griesgram. Du weißt doch, sobald das Problem gelöst ist, wird bei uns alles gleich klappen."

„Uns geht es doch gut", fuhr der Junge fort, beleidigt. „Schon lange geht es uns gut. Übrigens, hast du keine Angst, dass die Zeit uns einen Streich spielen könnte und wenn es für dich gut aussieht, du einfach mich vergisst oder in einem für mich ungünstigen Licht siehst? Und vergiss nicht, dass wir in verschiedenen Städten leben und diese Städte in verschiedenen Ländern, und die Länder auf verschiedenen Kontinenten. Das ist schon ein Risiko, eine Gefahr, die uns trennt."

„Ich sehe dich immer so, wie du bist", antwortete sie, „nicht besser und nicht schlechter."

„Und wie bin ich?" – wollte er neugierig wissen.

„Such nicht nach Komplimenten, Bursche! Übrigens", fügte sie hinzu, „denk daran, dass wir zwar auf verschiedenen Kontinenten leben, aber immer noch auf demselben Planeten, sodass uns nichts daran hindert, gemeinsam das Wort mit fünf Buchstaben zu entschlüsseln, das mit ‚ю' endet."

Sie küssten sich.

„Wie schnell die Zeit vergeht", dachte der alte Mann. „Wie schnell die Zeit im Alter vergeht. Kaum hat man sich in die Sonne gesetzt, schon muss man gehen."

„Wann ist die Operation?", fragte der Junge.

„Im Dezember."

„Dann heiraten wir im November. Und Schluss!"

Als sie die steinernen, vom Alter gezeichneten Stufen des Amphitheaters hinuntergingen, führte der Junge das Mädchen vorsichtig und behutsam, indem er ihre Hand hielt. So, dachte der alte Mann, führte wahrscheinlich Odysseus seine Penelope zum Traualtar.

„Junger Mann, kaufen Sie einen Regenschirm!", schlug der Verkäufer des Marktstandes einem vorbeigehenden Touristen vor.

„Wozu?", wunderte sich dieser. „40 ° im Schatten, und in der Sonne noch mehr."

„Bei uns ist das immer so. Wenn es heute 40 ° im Schatten hat, regnet es morgen garantiert." „Dann kaufe ich ihn eben morgen."

„Morgen wird es nicht klappen. In den Hotels, in denen Sie wohnen, verkaufen sie keine Regenschirme. Außerdem schützt ein Regenschirm nicht nur vor Regen, sondern auch vor den brennenden Sonnenstrahlen."

„Ein hoffnungslos schwarzer Regenschirm mit einem Durchmesser von einem Meter soll mich vor Sonnenstrahlen schützen?", schmunzelte der Tourist.

„Für Sonnenstrahlen spielt die Farbe keine entscheidende Rolle", sprach der Verkäufer überzeugend. „Na gut, wenn Sie keinen Regenschirm wollen, dann kaufen Sie Flossen. Jetzt ist die Hochsaison."

„Ich kann nicht schwimmen."

„Wenn Sie Flossen haben, lernen Sie es."

„Ein Ertrunkener in Flossen – das ist eine vielversprechende Perspektive. Danke."

„Kaufen Sie, verschenken Sie es jemandem", gab sich der Verkäufer nicht geschlagen.

„Eine Packung Zigaretten", unterbrach ein heranstehender, offensichtlich eiliger alter Mann das Gespräch. „Mit Vergnügen, Mister!", lächelte der Verkäufer mit seinem breiten, weißen Lächeln. „Leichte, wie immer?"

„Wie immer", nickte der alte Mann. Er bezahlte, verabschiedete sich und machte sich schwerfällig auf den Weg zur Bushaltestelle.

„Ein bekanntes Gesicht", sagte der Tourist und folgte dem alten Mann mit nachdenklichem Blick.

„Ein Schauspieler. Früher einmal sehr bekannt. Seit zwanzig Jahren kommt er jedes Jahr hierher und kauft immer dieselbe Zigarettenmarke und immer zwei Packungen. In zwanzig Jahren – kein einziges Mal hat er es ausgelassen."

„Das heißt, einmal im Jahr läuft es bei Ihnen glänzend", scherzte der Tourist. „Wissen Sie", zwinkerte der Verkäufer verschwörerisch, „er spaziert jedes Jahr mit einer Dame hier herum. Sie ist Russin. Und um sie zu treffen, kommt er von dort", und er winkte mit der Hand in eine unbestimmte Richtung, als würde er die andere Seite der Welt kennzeichnen. „Völlig aus verschiedenen Gegenden", fügte er hinzu.

„Ah", nickte der Tourist verständnisvoll, „ein Scherz, der sich über Jahre hingezogen hat."

„Vielleicht ja, vielleicht auch nicht", zuckte der Verkäufer mit den Schultern. „Aber was ich Ihnen sagen will, ist, dass sie blind ist. Sie sieht absolut nichts. Und er behandelt sie so vorsichtig und rücksichtsvoll, als wäre sie aus Kristall und könnte jeden Moment zerbrechen. Unglaublich." – Er schwieg und kratzte sich den stoppeligen Kinnbart. „Aber denken Sie nicht, wir wissen auch, wie man mit unseren Frauen umgeht."

„Ich denke da gar nichts", lächelte der Tourist.

Der Verkäufer antwortete nicht, wandte ihm den Rücken zu, ging in den Stand hinein und rief jemandem:

„Hey, du, Frau, wann wirst du endlich die Fettwanne putzen? Es ist schon peinlich vor den Leuten!" – Da er keine Bewegung aus dem Lagerraum bemerkte, wurde er noch aufgebrachter. „Was hast du da drinnen geschlafen wie eine alte Fliege? Komm, komm, beweg dich!"

„Ich glaube, ich kaufe bei Ihnen die Flossen", sagte der Tourist.

„Werden Sie schwimmen lernen?", änderte der Verkäufer sofort seinen Ton in Erwartung eines Gewinns.

„Nein", sagte der Tourist, „ich verschenke sie!"Der alte Mann half einer älteren blinden Frau aus dem Bus. Nachdem er sie auf die Wange geküsst hatte, nahm er seine Begleiterin am Arm und sie gingen langsam in Richtung der von der Zeit zerfallenen antiken Stadt, wobei sie beinahe mit einem jungen Mann zusammenstießen, der behutsam ein zartes Mädchen mit einer prächtigen Mähne aus kastanienbraunem Haar an der Hand führte.

„Wann ist die Operation?", fragte der alte Mann leise.

„Im April.“

„Dann heiraten wir im März.“

„Nachher, mein Lieber, nur nachher“, drückte die Frau sanft die Hand ihres Begleiters. „Warum so eilig?“

„Ich fürchte, dass die Zeit uns einen dummen Streich spielt.“

„Dummkopf“, lachte sie. „Die Zeit spielt uns keinen Streich, denn wir haben längst das Hauptwort in der Horizontalen mit fünf Buchstaben erraten, das auf den Buchstaben 'be' endet.

„Ich hoffe, es ist Liebe?“

„Ich hoffe.“

Ungerechtigkeit

Zu dem weinenden Jungen trat ein hagerer, krummhüftiger Mann, der älter wirkte, als er war.

„Weine nicht", sagte er, „es lohnt sich nicht."

„Es lohnt sich nicht, es lohnt sich nicht", murmelte der Junge, während er seine Tränen abwischte. „Es wäre, als ob ich es wollte."

„Ich verstehe, ich verstehe, es tut dir weh."

„Oh ja", bestätigte der Junge. „Ich habe nicht einmal den Satz beendet", schniefte er und schluckte die Worte hinunter. Die Tränen ließen ihn nicht sprechen.

Der Mann zog ein Taschentuch aus seiner Tasche und sagte: „Nimm das und mach dich in Ordnung. Sonst schmilzt du wie ein Eis auf dem Ofen." Und er fügte fröhlich hinzu: „Übrigens, willst du ein Eis?"

„Ja", murmelte der Junge unsicher.

„Pass auf", sagte der Mann, „aber schau genau hin." Und er zeigte ihm seine leeren Hände.

Der Junge schaute auf seine leeren Hände.

„Nun", sagte der Junge.

„Eins, zwei, drei – Eis, nimm es!" sagte der Unbekannte mit einem fröhlichen Ton und nach einer einfachen

Handbewegung lag in seiner zuvor leeren Hand eine verpackte Eispalette.

„Öffne es und iss“, befahl der Mann.

„Danke“, bedankte sich der Junge und nahm den Schokoriegel. Genau diese Sorte Eiscreme mochte er, und er hatte nicht die Kraft, sich zu verweigern, sie zu essen.

„Ich weiß, dass man ungerecht mit dir umgegangen ist“, sprach der Mann.

„Ich habe Mathe bei Max abgeschrieben“, begann der Junge, verworren zu erklären und schniefte nach jedem Wort, während der verletzte Stolz in ihm erneut aufbrach.

„Nun, nun, beruhige dich. Du bist ein Mann“, sagte der Unbekannte sanft.

„Die Lehrerin, also Frau Müller, fragt: Wer hat bei wem abgeschrieben? Und Max …“

„Ach, ignorier ihn“, versuchte der Mann, den Jungen erneut zu beruhigen.

Der Junge wurde aus Verzweiflung laut: „Ja, sie sagt, bei euch sind es immer die gleichen Fehler. So kann ich euch nur eine Note für beide geben. Ich gebe euch eine Sechs, und ihr müsst selbst entscheiden, wie ihr sie aufteilt, wer was verdient.“

„Und, wie habt ihr es geteilt?“, interessierte sich der Mann.

„Max hat bei mir abgeschrieben und hat gesagt, dass ich bei ihm abgeschrieben habe, also hat er die Zwei bekommen und ich die Vier."

„Ungerecht", bestätigte der Mann.

„Ungerecht", sprach der Junge.

„Ich wundere mich über dich", sagte der Mann und wechselte das Thema. „Das erste Mal treffe ich einen Erwachsenen, der salziges Eis liebt", deutete er auf die Tränen auf den Wangen des Jungen.

„Wäre es Ihnen nicht leid getan?", fragte der Junge.

„Ich will nicht lügen", sagte der Mann. „Es würde mir leid tun. Aber warum hast du nicht gesagt, dass er bei dir abgeschrieben hat, und warum hat die Lehrerin ihm geglaubt?"

„Ich hatte keine Zeit, es ihr zu erklären. Er hat zuerst geantwortet", antwortete der Junge.

„Keine Zeit oder nicht gewollt?"

„Ehrlich?"

„Ehrlich."

„Nicht gewollt", sagte der Junge und schmollte.

„Warum?", fragte der Mann und sah den Jungen aufmerksam an.

„Weil Max besser ist."

„Also hast du früher bei ihm abgeschrieben?", erkundigte sich der Mann.

„Ja", antwortete der Junge und fragte: „Zählt das früher?"

„Das heißt, Max hat dich verraten", fasste der Mann zusammen und sprach: „Mach dir nichts draus, ich denke, er wird gut darüber nachdenken und die Situation selbst klären. Glaub mir, auch wenn es nicht oft vorkommt, so passiert es doch manchmal."

Der Mann schwenkte die Hand, und in seiner Hand erschien ein Buch.

„Liest du gerne?", fragte er.

„Wow!" Die Tränen des Jungen begannen von selbst zu trocknen. In der Hand des Unbekannten war kein einfaches Buch, sondern eines mit den neuesten Abenteuern von Harry Potter, das einfach unmöglich zu kaufen war, da es in den Geschäften erst in einer Woche erhältlich sein sollte. Außerdem der Preis ...

„Das ist ja was", sagte der Junge. „So etwas kann man im Internet nicht herunterladen."

„Nimm es", sagte der Mann. „Es gehört dir."

„Ich kann nicht", sagte er.

„Nimm es", befahl der Mann und fügte lächelnd hinzu: „Es gehört dir. Es gehört dir."

„Wer sind Sie?", fragte der Junge.

Der Unbekannte kneifte ein Auge zu und fragte ihn: „Was denkst du?"

„Ein Zauberer?"

„Nein", schüttelte der Mann den Kopf und fügte hinzu: „Wenn ich logisch an deinen Vermutungen festhalte, dann arbeite ich im Zirkus."

„Ein Akrobat?"

„Schneller: ein Clown", sagte er lächelnd und holte aus der Tasche des Jungen zwei Tickets für eine Vorstellung im Zirkus.

„Komm schon, Leo!", lud er ihn fröhlich ein, ihm zu folgen.

„Lass uns gehen", stimmte der Junge widerwillig zu und drückte das wertvolle Buch an seine Brust, ohne darauf zu achten, dass der Unbekannte seinen Namen kannte.

Leo saß in der dritten Reihe. Rechts von ihm saß ein älteres Paar, das sich fest an den Händen hielt, und sobald das Licht in der Halle im Vorraum des Programms erstrahlte, küssten sie sich heimlich.

Links von Leo saß eine Frau, die aus Gewohnheit und ohne Anlass die Nase schnäuzte, als wollte sie die Umstehenden vor dem Kommen der Grippe warnen, wie eine lästige Notwendigkeit zum Ende des Winters.

Das Licht flackerte, ging aus und brannte wieder. Die Nummern folgten auf die Pflicht eines Kalenders, eine nach der anderen. Eine großgewachsene Vorführerin der

Hundetruppe ließ ihre Tiere springen, nach oben und unten, sich um die eigene Achse drehen und erfand immer neue und neue Kunststücke. Die Hunde bellten laut und bemühten sich, alle zuvor einstudierten Posen auszuführen.

Aber die Männer, die um die Zirkusarena herum saßen, bemerkten pathologisch nicht die Anstrengungen der Darstellerinnen und zogen es vor, die blonde Diebin zu betrachten.

Der Zauberer schnitt mit dem ihm eigenen Eifer nach links und rechts Köpfe und Körper der charmanten Frauen, die ihm in die Quere kamen, und anschließend platzierte er fehlerfrei die abgetrennten Teile an den richtigen Stellen, als würde er sie fest und für immer zusammenkleben, und ließ sie dann an ihre vorherigen Plätze zurückkehren. Er holte Tauben aus seinem Geldbeutel, entzündete Feuer an einem unerlaubten Ort und arbeitete insgesamt mit Leidenschaft und professionell.

Dann erschien ein Unbekannter in der Arena. Leo erkannte ihn sofort, obwohl er ordentlich geschminkt war, mit einer riesigen roten Nase und einer grünen Mütze. Auffällig war jedoch, dass auch er sich krumm machte und seine Augen zusammenkniff.

Das Publikum lachte sich schlapp, und es war für alle klar, dass ihm das ebenfalls gefiel. Die Menschen funkelten vor Freude und wurden besser. Ein Streich des Clowns folgte dem anderen. Witze wurden allen erzählt, unabhängig von Titel und Rang, und selbst der erfahrene

Sprecher drehte vor Vergnügen mit seinem Zeigefinger an seinen großen grauen Schnurrbart.

Dann, ganz unerwartet, erschienen in der Arena Pferde, die mit brauner Harness mit silbernen Sternen und einer himmelblauen Decke geschmückt waren.

Der Clown ging zu einer der Seiten der Arena.

„Komm her", rief er Leo zu. „Trau dich, trau dich!"

Leo stand unsicher auf.

„Ja, komm her", wiederholte der Clown und winkte ihm mit der Hand zu. „Sei nicht schüchtern, junger Mann", fügte er hinzu. Leo trat unbeholfen in die Arena.

„Die Stütze", wandte sich die Frau mit wissendem Ton an das ältere Paar, ohne aufzuhören, ihre Nase zu schnäuzen.

Sie stimmten ihr zu, und der ältere Mann küsste die Hand seiner Begleiterin.

„Er heißt Archibald", stellte der Clown vor, der von Huf zu Huf hüpfte, und bot Leo an: „Setz dich." Dann fragte er leise: „Träume werden wahr, nicht wahr?"

„Wahr", sagte Leo. Er mochte Pferde schon immer und schloss sich oft in sein Zimmer ein, um sie begeistert zu zeichnen. Obwohl es nicht so einfach ist, ein Pferd zu zeichnen.

Archibald trug Leo auf seinem Rücken im Kreis der Arena und überwand Hindernisse, indem er mit seiner geschorenen Mähne wedelte. Er wechselte zwischen

Schritt und Trab, verlangsamte sein Tempo und meisterte die Herausforderungen.

Ein Entzücken überkam Mark.

Das Publikum klatschte fröhlich in die Hände und nahm seine Freude als ihre eigene an.

„Und jetzt komm zu mir", befahl der Clown, der auf den Boden gefallen war und noch im Jubel von Mark schwebte.

„Liebst du das Meer?" fragte er den Jungen.

„Delfine!" rief Mark fast wie von selbst.

„Sieh!" Er schwang seinen Arm, und die Arena verwandelte sich in das Meer. Möwen schnatterten über ihm, und auf den Wellen erschienen glänzende Fischrücken.

„Delfine!" sagte Mark begeistert.

„Geh zu ihnen!" befahl der Clown.

„Ich kann nicht", seufzte der Junge. „Ich kann nicht schwimmen."

„Geh, hab keine Angst", wiederholte der Clown.

Mark schloss die Augen und sprang mit Anlauf ins Wasser. Der Zirkus erstarrte. Das Wasser verbarg ihn vollständig, die Zeit verging, aber Mark erschien nicht wieder.

„Er kann nicht schwimmen!" rief eine ältere Frau, die von ihrem Platz aufgesprungen war.

„Skandal!" empörte sich ihr Partner in erhöhtem Ton.

„Wofür zahlen wir unser Geld?" sagte die erkältete Nachbarin, die neben ihnen saß.

Und plötzlich strahlte ein heller Sonnenstrahl von oben herab, und über den Wellen des rauschenden Meeres erschien eine Gruppe von Delfinen. Sie sprangen über die Wellen und schienen miteinander zu plaudern, bevor sie wieder sprangen. Doch am auffälligsten unter ihnen war ein weißer Delfin. Er tobte herum, als würde er das zum ersten Mal tun, und erfüllte alles um sich herum mit einem fröhlichen Schrei.

Das Publikum beruhigte sich. Es war ganz und gar nicht dumm, es verstand, wer dieser Delfin war.

„Schwimm hierher!" rief der Clown am Ufer des Meeres zu dem weißen Delfin, und der gehorchte widerwillig, wollte er doch zurück ins Spiel zu ihnen, und schwamm dennoch in Richtung Strand.

Der Zirkus explodierte vor Applaus, als das Meer sich zurückzog und in der Arena der Clown und der Junge, die sich an den Händen hielten, standen.

„Danke", sagte der Junge leise zu dem Clown.

„Jetzt kannst du schwimmen, nicht wahr?" Ohne auf seine Antwort zu warten, rief der Clown: „Alle!"

Von oben kam eine Trapeze herab.

„Hab keine Angst", sagte er zu Mark und drückte ihn mit einem Arm fest an seine Brust, während er mit der anderen Hand die Longe ergriff und wieder „Alle!" rief.

Sie schossen nach oben, bis zur Kuppel.

„Ohne Sicherung!" hauchte ein älteres Paar.

„Das kann nicht sein!", widersprach erneut die schniefende Frau.

Mark hielt den Atem an.

„Schau nicht nach unten", flüsterte ihm der Clown ins Ohr. „Denk nicht ans Fallen!"

„Wie toll das wäre!" schoss es Mark durch den Kopf. „Wie toll, wenn Max das jetzt sehen könnte."

Der Clown lächelte, als hätte er ihn gehört, und sagte: „Vergiss, was passiert ist. Lerne zu vergeben."

Die Hand des Clowns ließ die Trapeze los, und das Publikum war von Entsetzen ergriffen. Doch zu ihrer Überraschung geschah kein Fall. Der Flug ging weiter, als wäre nichts gewesen.

„Und jetzt, wenn du keine Angst hast", sprach der Clown den Jungen an.

„Ich habe keine Angst", antwortete dieser selbstbewusst, und niemand hielt ihn mehr.

„Trotzdem", sprach die allwissende Frau, während sie sich in ihr Taschentuch schnäuzte, „ist es riskant."

„Aber wie toll", erwiderte das ältere Paar und bewunderte die Schönheit des Fluges.

„Der Himmel! Der Himmel!" Über den Köpfen des Publikums entstand ein tiefblauer Himmel, in dem ein riesiger, schöner Vogel stolz seine Flügel ausbreitete. Er schwebte über den Wolken, die wie aus dem Nichts erschienen.

„Ein Kondor", sagte der ältere Mann und wandte sich an den Clown, der neben ihm stand.

„Ja", antwortete dieser, „was könnte schöner sein als der Flug eines Kondors?"

Die Vorstellung war beendet. Das Publikum verließ ruhig ihre Plätze und nahm Eindrücke mit, die in ihren Seelen weiterleben würden, solange sie das selbst wollten.

Mark stand lange am Hinterausgang und wartete auf das Erscheinen des Clowns. Doch der erschien nicht.

Der Weg des Jungen führte vorbei an einem Geschäft, das allerlei Waren verkaufte. In der Schaufenster waren Schreibwaren zu sehen, die für jeden Geschmack geeignet waren – „Wähl aus, alles gehört dir!" Fröhlich lächelten Engelchen und erinnerten an das bevorstehende Weihnachtsfest.

Als er an der Kirche vorbeiging, hielt er an und lauschte dem Glockenläuten, versuchte in Gedanken Worte zu der Melodie zu finden, aber es klang nicht recht.

Am Eingang der Kirche war zu dem Fest ein Triptychon aufgestellt. Als er es betrachtete, schien ihm eines der

Gesichter vertraut zu sein. „Jetzt wird mir jemand die Hand auf die Schulter legen und sagen: 'Fürchte dich nicht.'"

„Mit dir habe ich keine Angst mehr", sprach Mark entschlossen.

Jemand legte ihm die Hand auf die Schulter. Mark drehte sich um – neben ihm stand Max.

„Halt mich nicht fest", sagte er. „Ich weiß nicht, was mich heute geritten hat, aber ich lag falsch."

Mark schaute still seinen Freund an.

„Ich habe gesagt, halt nicht fest", wiederholte Max und fügte hinzu: „Ich habe der Lehrerin alles erklärt, wie es ist. Also, halt den Krabben."

„Ach, na und", seufzte Max. „Wer ist schon fehlerfrei?"

Und ihre Hände trafen sich.

„Übrigens", sprach Max weiter, „Frau Müller hat trotzdem vorgeschlagen, die Sechs zu zweit zu teilen."

„Und? Wahrscheinlich zur Hälfte?"

„Nein", antwortete Mark, „eins zu fünf zu deinen Gunsten."

LEB WOHL, LIEBER, LEB WOHL

Wer hat gesagt, dass das Schicksal blind und gleichgültig ist und dass irgendein blinder Zufall mit seinem stillen Einverständnis das ganze Leben verändern kann? Nein, so ist es überhaupt nicht.

Meine Herren, glauben Sie mir, es ist nicht so, und die Stimme verliert sich im Gezwitscher der Vögel.

Übrigens, meine Herren, überhaupt nicht so, wiederholt er.

Wir sitzen in einem kleinen Restaurant am Rheinufer und warten auf ein bescheidenes Abendessen. Wir plaudern über nichts Besonderes, wie man so schön sagt: was einem gerade auf der Seele liegt.

Wir – das sind ich und mein neuer Bekannter, ein eleganter Mann mit weichen, fast weiblichen Gesichtszügen und einer tiefen Stimme, die wie das Brummen der Lastkähne auf dem Rhein klingt, die gerade an uns vorbeifahren. Unsere Bekanntschaft in diesem malerischen Ort war das Ergebnis eines blinden Zufalls.

„Nein, nein", sagt er, während er eiskaltes Bier aus einem hohen Glas schlürft. „Das Schicksal wird jedem bei der Geburt zugeteilt, wie ein Vor- und Nachname. Es zu ändern, ist fast unmöglich."

„Fast?" frage ich. „Das bedeutet also…?"

„Nein, nein", entgegnet er bestimmt. „Unmöglich. Mein ‚fast' gilt nur für Ausnahmen. Eine Art Sicherheitsnetz, wie ein Seil für einen Akrobaten im Zirkus. Aber das gibt es nur im Zirkus. Im Leben…", er schüttelt den Kopf.

„Im Leben taumeln wir alleine herum. Niemand sichert uns ab, und wenn du fällst, dann war's das", beendet mein neuer Bekannter seinen Gedanken und richtet seinen Blick auf einen vorbeifahrenden Lastkahn.

„Wenn das Schicksal also leitet, dann schützt es doch auch vor Nebenwirkungen, die der Hauptlinie im Weg stehen könnten", wende ich spöttisch ein.

„Nein, nein", schmunzelt mein Gesprächspartner. „In dieser Hinsicht lässt es uns ganz allein. Da kannst du dich schon selbst herumschlagen." Er zündet sich eine Zigarre an und bietet mir an, seine Geschichte zu hören. Natürlich willige ich ein.

„Alles begann wie in einem gewöhnlichen Märchen. Es war einmal ein Mann und eine Frau. Sie lebten lange zusammen und – wie es heutzutage oft vorkommt – unglücklich. Zumindest dachte das die Frau. Der Mann hingegen sah das anders. Er war fest davon überzeugt, dass ihre Ehe absolut richtig war. Niemals hätte er zugelassen, dass jemand behauptet, ihre Verbindung sei weder im Himmel noch auf Erden gesegnet worden.

Vor allem aber – und das war ihm besonders wichtig – er liebte sie. Und das, so dachte er, reiche vollkommen aus, um die Stabilität ihrer Beziehung und die Gegenseitigkeit dieser Liebe zu gewährleisten.

Natürlich liebte sie ihn schon lange nicht mehr. Und hatte sie ihn überhaupt jemals geliebt? Diese Frage beschäftigte Inessa manchmal, wenn sie ihr gemeinsames Leben Revue passieren ließ und dabei versuchte, ihre Erinnerungen auf ihre Beständigkeit zu prüfen.

„Was für einen widerlichen Charakter er hat", dachte Inessa. Außerdem war er dick, kahl und ohne jegliche finanzielle Perspektiven – mit einem Wort: Lücke.

Und leider hatte sie in gewisser Weise recht", fuhr mein Gesprächspartner fort. „Der Mann selbst nahm diese Dinge an sich einfach nicht wahr."

Inessa hingegen war eine durchaus attraktive Frau, und die Blicke, die ihr die Männer hinterherwarfen, bestätigten das nur. Das Alter, das man als „balzacsche Jahre" bezeichnet, stand ihr gut.

Inessa verliebte sich nach rechts und nach links – aber immer nur in ihrer Vorstellung. Dort gab sie sich diesen Lieben hin wie in der ersten Hochzeitsnacht, doch darüber hinaus ging es nie. Nein, nein und nochmals nein – auf keinen Fall! Sie war anders erzogen worden.

„Natürlich duldet das Schicksal solche Ehen nicht", fuhr er fort. „Früher oder später zerstört es sie. Und genauso geschah es hier. Nachdem sie alles Für und Wider abgewogen und den weiteren Verlauf der Ereignisse gut durchdacht hatte, wartete Inessa, bis ihre Kinder selbstständig genug waren, und entschied sich dann, ihre Beziehung zu beenden.

Inessa war zweifellos eine kluge Frau. Sie beschloss, alles Gute, was hinter ihnen lag, auszuradieren und sich nur die negativen Erinnerungen zu behalten. Denn das machte es einfacher, sich selbst zu solchen Entscheidungen zu zwingen – Entscheidungen, die nicht immer leichtfallen.

Darüber hinaus, da sie wusste, dass er sie zweifellos liebte, wählte sie genau den Moment, in dem in ihrer gemeinsamen Beziehung alles schieflief. So sollte er, wenn er jemals an sie zurückdachte, nur Abscheu empfinden.

Er wird mich wohl kaum suchen, dachte sie sich. Und wenn doch, dann nur, um sich an mir zu rächen. Daher sind Begegnungen in naher Zukunft ausgeschlossen. Was die ferne Zukunft betrifft – alles ist möglich, aber nicht wünschenswert. Möge er sich an mir so schnell abkühlen wie eine durchgebrannte Glühbirne im Nachbarhaus.

Ein Mensch, der keinerlei Gefühle für dich hat, ist der beste Gesprächspartner der Welt.

„Zum Beispiel so wie ich", erinnerte ich den Erzähler an meine Anwesenheit.

„Warum finde ich Sie eigentlich sympathisch?" fragte er plötzlich.

„Oh, haben Sie etwa ein Auge auf mich geworfen?"

„Ach, kommen Sie", winkte er ab. „Kann man Sympathie denn als eine dieser festgefahrenen Gefühlsregungen bezeichnen, die man entweder hat oder eben nicht?"

„Danke", sagte ich anerkennend.

„Man trifft sich und geht wieder auseinander."

„Weißt du, sie fühlte sich frei", wechselte er plötzlich zum Du. „Sie musste nirgendwo mehr zurückkehren und nirgendwo pünktlich sein."

Ich schaute auf meine Uhr.

„Morgens früh aufstehen, noch vor der Morgendämmerung, um jemandem Frühstück zu machen", fuhr er fort. „Oder Mittagessen zubereiten, während man darauf wartet, dass er zurückkommt. Ihm jedes Wort von den Lippen ablesen, sich ein kluges Gesicht aufsetzen und sich gleichzeitig auf die eigenen Schwächen treten, nur um nicht laut loszulachen über den Unsinn, den er von sich gibt." „Wissen Sie eigentlich, was Freiheit ist?" fragte er mich.

„Freiheit?" wiederholte ich, überrascht. „Eine erwachsene Frage."

„Freiheit bedeutet, Verantwortung für sich selbst zu übernehmen", antwortete er sich selbst, ohne meine Meinung dazu abzuwarten.

„Und für die Heimat? Hier sind meine 50 Cent dazu.!"

„Für sie trägt die Regierung die Verantwortung", konterte der Mann ohne zu zögern und fügte hinzu: „Das Steuer gehört in ihre Hände."

Ich grinste und fragte: „Also ist die Frau jetzt frei?"

„Ja."

„Na dann, gib ihr das Steuer."

Wir beide lachten.

„Inessa fühlte sich wie ein völlig freier Mensch", fuhr er fort. „Bis Michel sie aufgespürt hatte, und alles nach dem bereits bekannten Szenario verlief. Michel war ständig in ihrer Nähe, drängte sich auf – mal passend, mal nicht –, versuchte, immer in ihrer Nähe zu sein. Er forderte sie auf, im Namen der Liebe zu ihm zurückzukehren. Und sie, die genau wusste, um wessen Liebe es ging, floh vor ihm in eine andere Stadt. Ehrlich gesagt, genoss sie zwei Monate lang die Ruhe, doch nach zwei Monaten fand er sie auch dort."

Inessa begann, Männer zu hassen. Und zwar nicht einzelne, sondern alle auf einmal. „Keine Menschen, sondern Tiere", dachte sie. „Man weist sie direkt ab, und das macht sie nur noch selbstverliebter und dümmer, mit nichts anderem im Kopf, als sich eine Frau wie ein Objekt des eigenen Selbstwertgefühls einzuverleiben. Danke, Petrarca!"

Und erst recht diese Muttermal-Geschichte – dieser schwarze, riesige Vulkan, der sich unterhalb von Michels Brustwarze auf seiner Brust prahlend ausbreitete. Diese riesige Seespinne, auf die er so stolz war. „Sehen Sie", sagte er. „Der liebe Gott hat unsere Familie mit einem Zeichen versehen. Und wenn er uns markiert hat, dann sicher nicht ohne Grund – das heißt, wir sind etwas Besonderes!" Mit seiner Stumpfheit!

Sie wechselte das Land. Und was macht er? Natürlich fand er sie auch dort.

„Kontinent?", fragte ich.

„Ha!"

„Übrigens," fuhr mein Gesprächspartner fort, „die Kleinstadt, in der sie vorher lebten, war wirklich nicht schlecht. Schauen Sie sich um," schlug er mir vor, „und sehen Sie selbst."

Ich folgte seinem Wunsch.

„Na, wie finden Sie es?" fragte der Mann mich. „Sie sind doch fremd hier."

„Ja," stimmte ich ihm zu. „Ihre Stadt ist gemütlich und schön. Außerdem atmet sie Geschichte. Das ist nicht überall erhalten geblieben."

„Und erst die Natur: Berge, der Fluss, das viele Grün. Und fast immer scheint die Sonne."

„Wenn es nicht gerade regnet."

„Und die Frauen, die hier leben! Eine schöner als die andere. Einfach herrlich."

„Da stimme ich Ihnen zu," sagte ich. „Familie, Kinder?"

„Die Kinder sind längst erwachsen," antwortete er und fügte hinzu: „Früher war da eine Familie. Jetzt – ich weiß nicht. Wissen Sie, mit zunehmendem Alter hat sich mein Charakter verändert, ich bin irgendwie zu leicht entflammbar geworden. Nach der Scheidung von meiner ‚besseren Hälfte', der ich einst die Treue gehalten hatte, hat sich plötzlich alles in meinem Leben geändert."

„Sie haben die Freiheit gespürt?"

„Ja, wahrscheinlich ist es so," sagte er.

„Die Gunst der Frauen nicht auszunutzen, wäre doch ein Verbrechen. Dafür sollte man erschossen werden!"

Er warf mir einen schelmischen Blick zu, grinste und sagte: „Die Patronen sind heutzutage öfter Platzpatronen."

„Halten Sie das Pulver trocken, um Ladehemmungen zu vermeiden," befahl ich in militärischem Ton.

Wir brachen in lautes Gelächter aus.

„Übrigens, Ihre Geschichte hat in der Luft gehangen – ohne Ende."

„Ja, ja," erwiderte er und fuhr fort: „Inessa war verschwunden. Michael wühlte lange und erfolglos in den Papieren, die sie zurückgelassen hatte, in der Hoffnung, irgendeinen Anhaltspunkt zu finden. Und stellen Sie sich vor, er fand tatsächlich etwas.

In einer alten provinziellen Zeitung – vergilbt und zerknittert wie ein alter, unbrauchbarer Stiefel..."

Er las: Klinik von Dr. Bauer. Geschlechtsumwandlung – von einem Geschlecht zum anderen. Nach der Operation alles wie es sein soll. Vertraulichkeit garantiert.

Die Anzeige war mit rotem Marker eingekreist und mit zwei Ausrufezeichen versehen. Adresse und Telefonnummer waren angegeben. In diesem Moment wurde Michael klar, dass er seine Liebe nie wiedersehen würde.

Er kaufte Blumen und ging zum städtischen Friedhof. Nach langem Suchen fand er das Grab einer für ihn unbekannten Inessa, einer Namensvetterin seiner Frau, die mehrere Jahre vor ihrem Kennenlernen verstorben war. Er legte die Blumen auf das Grabmal.

So begrub er seine Liebe.

Eine Pause entstand in der Geschichte, die von einem Kellner unterbrochen wurde, der uns lokale Spezialitäten brachte.

„Gar nicht schlecht," dachte ich, als ich die reichlich mit Grünzeug dekorierten Speisen ansah.

„Gar nicht schlecht," sagte ich aus irgendeinem Grund laut und besann mich rechtzeitig. Ich wandte mich an meinen Gesprächspartner: „Und was ist mit Inessa? Was hat das Schicksal mit ihr gemacht?"

„Mit Inessa?" wiederholte er meine Frage. „Lassen Sie uns lieber essen."

„Nein, nein," ließ ich nicht locker. „Es wäre wirklich interessant zu erfahren, was mit ihr passiert ist. Natürlich nur, wenn Sie es wissen."

„Wenn Sie es wirklich wissen wollen, werde ich nicht lügen," sagte mein Tischnachbar, während er sich von seinem Teller losriss. „Es ist mir tatsächlich bekannt – zumindest, wenn man dem Glauben schenken kann, was mir erzählt wurde."

Er fuhr fort: „Inessa ließ sich tatsächlich operieren und wurde zu einem hübschen Mann. Anfangs erschreckte sie die neue Erfahrung – Hosen zu tragen, die veränderte Stimme, ja selbst die neuen Verhaltensweisen. Doch mit der Zeit gewöhnte sie sich daran und akzeptierte ihren neuen männlichen Namen. Es schien, als würde sich ihr Leben einrenken.

Allerdings gab es ein Problem, das sie lange Zeit nicht überwinden konnte: das andere Geschlecht. Moralisch fühlte sie sich weiterhin als Frau, doch körperlich war sie nun ein Mann.

Dieser Widerspruch ließ ihr keine Ruhe, besonders nachts. Die Träume wurden zu einer Qual – sie hatten alle die gleiche quälende Botschaft...“

Er nahm einen kräftigen Schluck Bier.

„Das erste Mal passierte es ihr – oder ihm, wie Sie wollen – völlig zufällig. Nach dem ersten, ehrlich gesagt nicht besonders gelungenen Versuch folgte ein weiterer, dann noch einer und so ging es weiter. Das Wichtigste: Inessa – oder besser gesagt er – fand plötzlich Gefallen daran. Stellen Sie sich vor,“ sagte er und versuchte, mich zu überraschen, „es hat ihm sogar gefallen!“

„Wem würde das nicht gefallen?“ erwiderte ich fröhlich und zwinkerte ihm zu.

Die Partnerinnen wechselten eine nach der anderen.

„Natürlich gefällt es,“ entfuhr es mir. „Wenn du es bist, der es tut, ist es viel besser, als wenn man es dir tut.“

„Und dann?"

„Und dann?" wiederholte ich neugierig.

„Dann verliebte sie sich plötzlich. Zum ersten Mal im Leben – und zwar wirklich – in eine ihrer zahlreichen Partnerinnen."

„Natürlich," sagte ich stolz. „Nur Männer können wirklich lieben," fügte ich gönnerhaft hinzu, „sogar künstliche."

„Und wie war ihre Auserwählte?" fragte ich klatschlustig.

„Kein bisschen schön," schüttelte er den Kopf. „Krumme Beine, ein schlaffer Bauch, die Brust hing..." Er machte eine Geste unterhalb des Bauches.

„Unterhalb jeder Kritik?" half ich ihm weiter.

„Sehen Sie, die Liebe sucht sich nicht aus," sagte er entschuldigend.

„Hat es dich erwischt, Mädchen?" fasste ich lachend zusammen.

„Oh ja, und wie!" erwiderte mein Gesprächspartner.

„Jetzt hoffe ich, dass sie zusammenleben," fasste ich meine Gedanken zusammen. „Und natürlich ohne Probleme."

„Zusammen? Das ist gar kein Ausdruck – sie leben wie Seelenverwandte!"

„Ja, das Leben hat manchmal scharfe Wendungen," sagte ich und stellte eine rhetorische Frage, die die Menschheit schon seit Generationen beschäftigt: „Es ist interessant, als was es besser ist, geboren zu werden – als Mann oder als Frau? Wessen Glück in der Liebe ist attraktiver – das männliche oder das weibliche? Zum Beispiel Sie: Sie sind ein gewöhnlicher Mann. Sind Sie glücklich?" fragte ich ihn.

„Durchaus," antwortete er, allerdings nicht ganz überzeugend.

„Warum dann die Zweifel, wenn Sie doch glücklich sind?" ermutigte ich ihn.

„Wissen Sie," begann er, „meine Frau hat einen großen schwarzen Fleck, direkt unterhalb ihrer Brustwarze." Und dann fügte mein Gesprächspartner, als hätte er eine Kakerlake auf seiner eigenen Nase entdeckt, angewidert hinzu: „Ganz wie bei einem Tintenfisch."

Venedig

Im Morgengrauen kommt der Frühling, um sich in den Kanälen der Stadt zu waschen, die sich wie die Adern eines jugendlichen Körpers in alle Richtungen ausbreiten. Sie sind wie feine Adern, die ihre ewige Jugend in die Lagune tragen und sich in den wunderschönen Häusern spiegeln, als wären sie Spiegel. Sie bewundern sich selbst, um dann vielleicht beiläufig zu hören:

„Wie schön du bist, Teufelin."

Mein neuer Bekannter, der Gondoliere Toni, weckt sein Boot mit seinen muskulösen Armen aus dem Winterschlaf. „Es ist Zeit, es ist Zeit", ruft er. Die Saison beginnt, und seine schwere Brieftasche, die noch nicht das Gewicht des nassen Wetters trägt, drängt sie beide vorwärts, fordert sie mit seiner schrillen Stimme.

„Warum zögert ihr, Selbstmörder? Schneller, schneller!"

Und mit einer Stimme, die keineswegs schlechter ist als der kristallklare Gesang von Caruso, singt Toni ein einfaches, venezianisches Lied am Ufer der Lagune.

„Ich liebe diese Stadt so sehr. Wir alle lieben diese Stadt so sehr", sage ich. In den Tiefen unserer Seelen rechnen wir mit ihrer Gegenseitigkeit, erstaunt über die Schärfe der Gefühle und die Neuheit, die sie im Morgengrauen des gekommenen Frühlings mit sich bringt.

Ich wandere durch die Stadt, die noch nicht von der Masse der Touristen verschmutzt ist, berühre sie mit meinem Blick, atme ihren Duft der Tavernen ein und schmecke den Geschmack ihrer Vergangenheit.

„Vorwärts in die Vergangenheit", fordert er mich unaufhörlich auf. Und ich gehorche seinem Ruf.

„Warum seid ihr so langsam?" sagt mir die stolze Matrone, die aus einem bekannten Gemälde herabgestiegen ist. „Verspätung schmückt einen Señor nicht. Auf dem Markusplatz spielt schon Musik. Apollo selbst dirigiert ein kleines Orchester in der Nähe des Dogenpalasts. Wenn du dich verspätest, verlierst du die Ewigkeit. Beeil dich!" Und ich eile.

Ein Mädchen mit dunklen, offenen Haaren und abgewetzten Jeans steht an der Ecke einer Straße und spricht mit jemandem auf ihrem Handy.

Ich gehe an ihr vorbei und plötzlich dreht sie sich mir zu. Wie bekannt mir diese Züge sind! Mein Gott, Züge, wegen denen ich nichts auf der Welt bereuen würde. Züge, die, einmal in mir eingefangen, für immer in mir bleiben.

„Wie heißt du?", fragt sie mich mit einer unbekannten Stimme und steckt ihr Miniaturtelefon in ihren kleinen Lederrucksack, der an ihrer Schulter hängt.

„Verrückter", antworte ich.

„Ein interessanter Name", sagt sie.

Ich zucke mit den Schultern, als würde ich mich vor ihr für meinen Namen entschuldigen.

„Verrückter, und alles?" fragt sie wieder.

„Und alles."

Meine Vergangenheit lächelt mir zu.

„Erzähl mir etwas, Verrückter", bittet sie mich, und ich erzähle:

„Jedes Jahr, wenn der Frühling kommt, findet in dieser Stadt das Blumenkarneval statt. Es gibt alles mögliche auf ihm. Und die Rosen, die in den roten, weißen und beigen Tönen von unvergleichlicher Schönheit und Anziehungskraft erblühen, bewerten die Vorbeigehenden mit ihrem Hochmut. Und die stolzen Pfingstrosen verbeugen sich einander auf den Mosaikplätzen und Straßen der Stadt. Und die Büsche mit persischer Flieder konkurrieren mit den Düften der besten Kosmetikmarken der Welt. Du wirst es nicht glauben, aber sogar der Schneeglöckchen, der unter seiner Winterjacke den Atem des Winters verbirgt, ist hier vertreten. Weißt du, wie er in Bulgarien genannt wird?", frage ich sie und deute mit meinem Blick auf das Schneeglöckchen.

„Nein", antwortet sie mir. „Freche", sage ich ihren Namen und erkläre: „Freche, weil diese Blume die Einzige ist, die keine Angst vor der Kälte hat."

„Bist du Bulgare?", fragt mich die Unbekannte.

„Nein, ich bin kein Bulgare", antworte ich. „Vielmehr eine Freche." Und ich frage: „Wie heißt du?"

„Flora", antwortet sie.

„Flora, das ist der Name der Göttin des Frühlings und der Blumen. Du bist eine Göttin."

„Nein, ach was", sagt sie verlegen. „Ich fühle mich nicht so."

„Eine Göttin fühlt sich nie wie eine", stimme ich zu. „Sie wird es unmerklich, und zwar erst dann, wenn in den Herzen anderer Menschen die Liebe zu ihr entflammt."

„Oh, das ist ungöttlich, so etwas ist wie eine Hinrichtung. Für immer unter dem Wunsch der Besitzergreifung zu stehen…"

„Aber wie süß es ist!"

„Ich will nicht, ich will nicht", sagt sie schüchtern. „Aber für das Kompliment danke, es gefällt mir." In ihr erwacht ein weibliches Hochgefühl.

„Wenn es dir gefällt, dann bist du schon eine Göttin."

„Hör nicht auf, erzähl weiter", befiehlt sie mir.

„Auf einer der Inseln dieser Stadt gibt es eine alte verlassene Festung, in der Flora, die Göttin des Frühlings, die Herzen der Verstorbenen bewahrt. Um sie in den ersten Tagen ihrer Rückkehr wieder zum Leben zu erwecken und in Blumen zu verwandeln, die sich wieder auf ihren Festen suchen, sich der Zärtlichkeit und Hingabe zu öffnen, die weder durch die Zeit noch durch die Umstände erschöpft wird."

„Bist du in ihrem Gefolge?", fragt sie mich.

„Nein", schüttle ich den Kopf. „Ich habe nur heimlich zugesehen. Ich fuhr oft an dieser Festung vorbei, auf der Gondel meines Freundes Toni."

„Herzen", schmunzelt Flora. „Schlingel, alles, was du gesagt hast, klingt interessant und schön, wie in einem Märchen. Aber was können Herzen noch tun?", fragt sie mich. „Vor Angst davonlaufen? Sich vor Neid oder Enttäuschung mit Blut übergießen?"

„Natürlich können sie das auch", antwortete ich, „aber sind sie dafür geschaffen?"

„Ich weiß, wer du bist", sagt sie plötzlich zu mir. „Du bist ein Hyazinth."

„Wahrscheinlich", stimme ich ihr zu, gehe auf ein Knie und küsse ihre Hand.

„Eine Blume des Regens und des Windes", fährt sie fort. „Du erwachst jedes Jahr, in den Herbst hineingeboren, betrauert von dessen Traurigkeit."

„Ja, meine Göttin", stimme ich ihr zu. „Es scheint so."

„Aber du musst dir merken: Sogar Götter können nicht immer auf ihre Kräfte zählen und nur von Liebe leben. Alles ändert sich in einem Augenblick."

Und wir verabschieden uns. Ich setze meinen Weg fort, gehe dem Klang der Musik nach und erinnere mich daran, dass ich meine Frau anrufen muss. Ich nehme mein Telefon aus der Tasche und wähle die Nummer, während ich der davongehenden Frau hinterherblicke. Sie bleibt an der Ecke der Straße vor einer Bäckerei stehen und holt ihr Telefon aus ihrem kleinen Rucksack. Es klingelt.

„Hallo", sagt die sich von mir entfernde Gesprächspartnerin.

„Hallo, wie geht's?", fragt mich meine Frau. „Wie sind die Eindrücke, wie ist die Stadt?" Und seufzend sagt sie: „Wie beneide ich dich!"

„Und gleichzeitig bin ich traurig und vermisse dich."

„Mein Urlaub geht zu Ende, und bald werden wir uns wiedersehen, auf der anderen Seite unseres kleinen Planeten. Wenn ich ehrlich bin, zähle ich schon die Minuten, die sich in die langen Tage unserer Trennung verwandeln. Ich eile ihnen entgegen, um die ersehnte Begegnung herbeizuführen."

„Du hast nicht abgenommen", fragt sie mich, „wahrscheinlich isst du ohne meine Aufsicht nichts?"

„Was du nicht sagst", erwidere ich ihr. „Hier kann man nicht abnehmen. Zum Frühstück Spaghetti, zum Mittagessen Spaghetti, zum Abendessen Spaghetti, aber diesmal mit Brötchen. Wenn ich nach Hause komme, werde ich durch das Fenster einsteigen. Die Tür ist nicht mehr für meine Maße."

„Also hast du abgenommen", sagt sie, und ich höre ihr Lachen, das wie das Klingen von Glocken klingt.

„Wie bist du angezogen?", fragt sie besorgt. „Bei uns ist es noch kalt, und bei euch ist es bestimmt auch nicht warm. Auch wenn der Frühling langsam kommt, musst du an deinen empfindlichen Hals denken und nicht dein Glück herausfordern."

„Trägst du einen Schal?"

„Ja, natürlich, meine Liebe", lüge ich ihr vor.

„Ich küsse dich und warte auf dich", sagt Lora.

„Ich liebe dich sehr", antworte ich meiner Frau, und unser Gespräch endet.

„Ich küsse dich und warte auf dich", kommt die Stimme von Flora von der Bäckerei-Seite.

Und ich sehe, wie das Mädchen ihr Handy in ihren Rucksack steckt, mir lächelnd zuwinkt und aus meinem Blickfeld verschwinde

Der Hauptzeuge

Montag, Zeuge des Verbrechens 1

„Zum letzten Mal habe ich ihn entweder gegen 7 oder gegen 8 Uhr abends gesehen", sagte die junge Zimmermädchen. „Aber ich kann mich auch irren, vielleicht war es sogar nicht er."

„Oder vielleicht war es nicht gestern, sondern vorgestern?", fragte ihr Gesprächspartner.

„Es könnte auch nicht gestern gewesen sein", stimmte das Mädchen zu und fügte hinzu: „Er ist so unattraktiv. Und seine Hände sind feucht und kalt wie bei einem Frosch. Igitt, mir läuft ein Schauer über den Rücken", und sie zuckte zusammen, als hätte sie ihre ganze Hand in einen Sumpf getaucht. Oder vielleicht nicht gestern und nicht vorgestern, sondern morgen! platzte der Kommissar heraus.

„Vielleicht auch morgen", stimmte das Mädchen zu. „Aber dass es nicht heute war, das steht fest."

„Hast du mit ihm geschlafen?", wechselte der Polizist in der Anrede.

„Geschlafen?", lachte das freche Mädchen.

„Ja, seit einer Woche plagt mich Schlaflosigkeit. Mein behandelnder Arzt hat schon alle seine Mitglieder in den Kampf geschickt", sagte sie, und fügte hinzu: „Welche Mitglieder?", fragte der Kommissar erstaunt.

„Nun, Hände, Finger und wieder Finger", erklärte sie ihm. „Er ist kein gewöhnlicher Arzt, sondern ein Spezialist. Außerdem wird es Ihnen interessant erscheinen", flüsterte sie ihm mit einer geheimen Stimme zu.

„Er spricht Chinesisch."

„Lass die Chinesen in Ruhe", sagte der Mann müde.

„Gut", stimmte das Mädchen zu. „Aber wer kann über jeden von ihnen sprechen, sie sind doch eine ganze Milliarde, oder vielleicht sogar zwei."

„Schweig, Dummkopf", fuhr der Ermittler fort. „Wenn du lügst, werde ich dich von Zeugin zur Angeklagten machen!" Und mit einem kräftigen Schlag auf den Tisch brüllte er: „Raus!"

„Au revoir Monsieur", sagte die Zimmermädchen, als sie die Tür hinter sich schloss.

Montag, Zeuge des Verbrechens 2

„Ich arbeite schon seit vierzig Jahren in diesem Hotel und bin genauso daran gewöhnt wie an mein eigenes Zuhause. Ich weiß, wo alles liegt, und kann jeden seiner Gerüche auf den Geschmack fühlen. Mein ganzes Leben ist mit diesem Hotel verbunden."

Der Kommissar warf einen Blick unter seine Stirn auf den älteren Mann, der ihm gegenüber saß, und dachte bei sich: „Jetzt wird er lügen. Ein durchaus sympathischer

Mensch mit gutem Ruf, ein guter Familienvater, aber jetzt wird er lügen. Warum?"

„Warum?", fragte der Kommissar.

„Was warum?"

„Warum lügen Sie?"

„Herr Kommissar", antwortete der Mann, „ich habe keinen Grund zu lügen. Wie Sie bin ich vom Geschehen betroffen. Ich erinnere mich an den Toten, es war ein Albtraum."

„Genauer gesagt?"

„Der Leichnam auf dem Bett. Ein Lächeln auf seinem Gesicht. Blut, überall Blut... und das Summen einer riesigen schwarzen Fliege, die durch das offene Balkontor hereingekommen ist."

„Zeigen Sie!", befahl der Kommissar.

„Was?" fragte der Zeuge.

„Das Lächeln!"

„Was, was?" Der Gesprächspartner war erstaunt.

„Das Lächeln des Toten."

„Verstehe nicht. Warum?"

„Nun, vielleicht...", sagte der Zeuge, verzog das Gesicht.

„Es ging nicht, dann schreiben wir es eben so auf. Es ging nicht", fügte der Kommissar hinzu. „Und hast du wenigstens gelogen?"

„Was?"

„Gut", fuhr der Kommissar mit seiner Befragung fort. „Dann haben Sie also die Balkontür geöffnet?"

Der Kommissar hieß Bure, und hinter seinem Rücken wurde er früher als Euro fünfzig bezeichnet, jetzt aufgrund der Inflation als zwei. Er wusste das und kannte seinen Wert. Wenn man es in Tugrik umrechnet, war das schon ein großes Vermögen, witzelte er über sich selbst. Aber er kratzte sich immer wieder am Kopf, wenn seine Kollegen hinter seinem Rücken in brenzligen Situationen neugierig fragten: „Hat der Klotz noch nicht geschmolzen?"

Der Zeuge begann plötzlich laut und kräftig zu schlucken, den Mund weit aufreißend wie ein erschöpftes Pferd, das nach einem extra Schluck Luft verlangt.

„Hören Sie auf, Scherze zu machen", sagte der Kommissar mit Abscheu und beobachtete die Bemühungen des Zeugen, den Hustenanfall zu stoppen. Und dabei dachte er: „Was unterscheidet mich davon?"

„Trinken Sie Wasser", sagte Bure und reichte ihm ein Glas mit Wasser, das er aus einem Krug gegossen hatte. „Trinken Sie", befahl er, während er sich an sich selbst erinnerte.

Der Zeuge nahm das Glas, trank aber nicht. Der Hustenanfall hörte plötzlich von selbst auf.

Nur die Fliege summte, der Zeuge kehrte in seine Erinnerungen zurück. „Eklig und irgendwie falsch, unprofessionell. Ich würde sogar sagen, auffallend ungeschickt."

„Also hat Sie nur das fliegende Ungeziefer überrascht, das aus dem Mülleimer in das Zimmer geflogen ist?" fragte der Staatsbeamte erstaunt.

„Ja", antwortete der Zeuge.

„Warum nur?"

„Wir lassen nicht irgendwelche Tiere in unseren Mülleimern herumlaufen", sagte der Hotelangestellte mit einer gewissen Haltung. „Wir haben einen ziemlich guten Ruf."

„Also hat Sie nur die Fliege überrascht?" schmunzelte der Kommissar. „Und dass es im Zimmer, in dem der Mord geschah, keinen Balkon gibt?"

„Nicht ganz", sagte der Zeuge.

„Ach ja", sagte der Zeuge, als ob er es gerade vergessen hätte, und fragte dann den Kommissar: „Das war doch Zimmer 36?"

„Erinnert?"

„Natürlich."

„Und was noch?", fragte Bure interessiert.

„Tatsächlich gibt es in diesem Zimmer keinen Balkon. Genau. Ich erinnere mich, oder besser gesagt, ich weiß es. Die Fenster dieses Zimmers gehen zum Innenhof."

„Und das war's?"

„Was, halten Sie mich für einen Idioten?"

„Niemand hält Sie für etwas", antwortete der Zeuge und zeigte Bure seine Hände.

„Da!" sagte der Kommissar erschöpft.

„Wo?" fragte der Zeuge, dem Blick des Kommissars folgend.

„Da, aus dem Zimmer", sagte der Kommissar müde, und seine Faust senkte sich auf den Tisch.

Montag, der Zeuge des Verbrechens 3

Der Kommissar beschloss, sich selbst zum Verhör zu rufen.

„Also", fragte Bure den schmächtigen jungen Mann, der seine Beine in seinen staubigen Stiefeln auf dem kleinen Couchtisch ausgebreitet hatte, „was haben wir?"

„Eine Leiche", schlug dieser vor.

„Ja", stimmte Bure ihm zu. „Eine Leiche und keine Beweise. Und außerdem lügen alle Zeugen – und das sind zwei – zweifellos, und spielen mit mir ein seltsames Theater. Warum tun sie das?", fragte er sich selbst.

„Ja, das stimmt", sagte der junge Mann mit den staubigen Stiefeln. „In ihrem Verhalten gibt es mehr Merkwürdigkeiten als Informationen. Sie wollen die Ermittlungen auf einen falschen Weg führen. Vielleicht sind sie wirklich nicht bei sich. Vielleicht sollten wir sie medizinisch überprüfen", fragte der Gesprächspartner.

„Kein Hallo, niemand ist bestellt", sagte der Kommissar. „Sie sind gesünder als wir beide."

„Nein, nein, überprüfe es", widersprach das zweite Ich. „Wer hat dir gesagt, dass es ein Hotel ist?"

„Vielleicht ist es ein Irrenhaus. Oder es ist doch ein Hotel, aber für Gäste mit einer verdrehten Psyche. Deshalb passt auch das Personal dazu."

„Wer hat heute noch eine gesunde Psyche? Wo findest du eine unverdrehte?"

„Und du solltest dich trotzdem mal erkundigen", sagte das zweite Ich, während es mit einem Handwedeln die große schwarze Fliege verscheuchte, die plötzlich neben ihnen auftauchte, summend und an ihnen klebend, wie auch seine junge Nachbarin Dora.

„Übrigens, wie läuft es mit Dora?", fragte das zweite Ich, als es endlich die fliegende Plage vertreiben konnte.

„Dora, Dora", dachte Bure, „Unglück im Quadrat."

„Warum ist bei dir alles so düster? Warum? Außerdem, Dora, ein Mädchen wie jedes andere. Hübsch, mit allem, was dazugehört. Zwischen den Beinen wächst übrigens auch nichts Unnötiges. Leb mit ihr, wie es dir gefällt", schnalzte der Zeuge, von dem Kommissar aufgefordert.

„Ist sie frigide?"

„Schlimmer", antwortete Bure. „Sie ist unersättlich und durch Lügen verdorben."

„Wie?"

„Wie wir alle", sagte der Kommissar verlegen.

„Vergleiche dich nicht mit allen! Dein Selbstwert sollte immer hoch sein!", sagte der Zeuge stolz und fügte hinzu: „Man muss sich selbst respektieren."

„Und was ist mit den anderen? Werden sie dich respektieren mit deinem hohen Selbstwert?", fragte sich der Kommissar.

„Sie sind eben andere. Es gibt und wird immer andere geben. Man muss sich mit den notwendigen auseinandersetzen."

„Mit Dora zum Beispiel?"

„Hör zu, geh zu Psychologen, sie werden dir schnell beibringen, wie du dich verhalten sollst. Und verwandeln dich in eine große schwarze Fliege", beendete Bure, der für den Gast sprach, und sagte: „Sie sitzt im Dreck, singt aber laut: ,Ich bin das attraktivste Ungeheuer auf diesem Planeten.'"

„Dann klatsch sie tot", sagte das zweite Ich.

„Wie?"

„So", und die staubigen Schuhe schlugen laut in die Hände.

„Welche Fliege?"

„Warum Dora?"

„Ja, ja! Und zweifle nicht daran! Klatsch sie tot und das war's", fügte sein zweites Ich verschwörerisch hinzu. „Andere kann man auch im Flüsterton ins Ohr sagen. Du bist doch ein Profi, ich werde dir helfen. Du kannst es. Klatsch sie tot und das war's."

„Da!", sagte der Ermittler leise.

„Du hast mir zugezwinkert!", sagte das zweite Ich.

„Da!", wiederholte Bure, aber warum hast du nicht geklatscht?"

Bure betrat das Zimmer 36, den Tatort

Er ging zum Fenster, blickte auf die Straße und in den Innenhof. Die Landschaft, die von jemandem vor vielen Jahren gemalt worden war, brachte keine neuen Gedanken.

„Alles ist alt wie die Welt", dachte der Kommissar. „Ein klassisches Dreieck: Die Zimmermädchen schläft mit dem verwöhnten Gast, der alte Kerl, der in sie verliebt ist, vielleicht wie ein Vater oder wie Romeo, erwischt sie zufällig in diesem Raum. Er dreht sich um und schaut sie an, verwandelt sich in Othello, aber anstatt das Opfer zu töten, schlägt er ihm mehrere Male zu und der Verehrer der irdischen Liebe stirbt erfolgreich. Neu und unkompliziert."

Der Kommissar trat näher ans Fenster und sprach laut vor sich hin:

„Alles ist banal und dumm, wie alles, was uns umgibt. Ich habe nichts Neues gesehen."

„Aber ich habe alles gesehen", sagte der Hauptzeuge. „Alles durch dieses Fenster, an dem du gerade stehst. Glaub mir, es war ganz anders, als du dir vorstellst. Aber ich werde es dir nie und unter keinen Umständen sagen, weil ich in der Lage bin, fremde Geheimnisse zu bewahren."

Bure blickte auf den großen, prächtigen Ahornbaum, dessen Äste sich um den Fensterrahmen wanden, und verstand, dass Bäume die Geheimnisse anderer bewahren können.

Hündin

So hieß sie einfach. Deshalb, wie selbstverständlich, bekamen die Kinder die Namen Lya und Vi.

Ist es nicht schön, wenn ein Mann seinen Freunden sagt, wenn er nicht mehr lange Zeit mit ihnen verbringen möchte und es einfach Zeit ist?

„Mich warten, und ich muss gehen", fügte er nach einer kurzen Pause hinzu. „Warten SiLyaVi."

„Nun, wie?"

„Besser geht's nicht."

Sie liebte ihn wirklich und war ihm treu wie ein Hund. Und er war damit nicht unzufrieden und ließ sie an langen Herbstabenden am Kamin verbringen, wo er seinen ganzen negativen Kram des Tages bei ihr abließ.

So verlief ihr gemeinsames Leben, bis plötzlich Si merkte, dass er eine Geliebte hatte.

Nun, ehrlich gesagt, sah sie darin kein großes Problem. Alle Männer sind Schweine. Aber es gab da eine Sache. Die Geliebte wollte eindeutig den Platz der Ehefrau einnehmen.

Er blieb immer öfter angeblich länger bei der Arbeit und achtete weniger auf sie und vor allem auf die Kinder. Ihre gemeinsamen Spaziergänge reduzierten sich auf ein Minimum.

„Ich habe nach einer kurzen Pause gesprochen", sagte die Geliebte, „Ich habe nichts gegen dein Angebot und bin bereit, es anzunehmen. Aber…"

Sie sprachen am Telefon, und Si lauschte durch die leicht geöffnete Tür.

„Ich kann es nicht ertragen, wenn Hunde im Haus sind. Ich kann sie einfach nicht ausstehen", fuhr die Geliebte fort. „Ich bin bereit, deine Frau zu werden, aber nur unter einer Bedingung, Liebling, dass sie nicht da sind."

„Nein, natürlich sind sie süß", stimmte sie ihm zu. „Aber ich liebe Katzen mehr. Außerdem habe ich eine schlimme Hundeallergie", fügte sie hinzu. „Also, du musst dich entscheiden: Ich oder sie, Si lya vi, mein Freund."

„Aber sie sind Teil meines Lebens, Teil von mir", flehte er. „Und es ist irgendwie unangenehm, ein Teil von sich selbst zu verlieren."

„Und welcher Teil gehört ihnen?" Sie lachte, neugierig.

„Mindestens zwei Drittel."

Absolut! Hier ist eine deutsche Übersetzung des Textes, wobei ich versucht habe, den etwas derben und umgangssprachlichen Stil beizubehalten:

„Du bist mir schon mit einem Viertel recht. Außerdem hat meine Geliebte Si so eine riesige... wie der Baskerville-Hund. Ich habe seit meiner Kindheit Angst vor solchen.

Baskerville war ein Rüde, und Si eine Hündin. Er versuchte ihr etwas zu erklären. Hündinnen sind sanfter und schlauer.

„Mir ist es egal, wer von euch beiden Rüde und wer Hündin ist", knurrte meine Geliebte. „Entweder ich oder..." und knallte den Hörer auf.

„Hündin", dachte Si verärgert. Er hat sie noch nie so genannt, und sie winselte kläglich an der halboffenen Tür.

Einen Monat später sagte er zu seiner Geliebten am Telefon: „Schatz, also, wie abgesprochen, ich erwarte deinen Umzug bis Ende der Woche."

„Und was ist mit denen?", fragte eine weibliche Stimme am anderen Ende der Leitung.

„Die zu verkaufen ist schwer. Wenn sie sie nicht innerhalb von zwei Tagen ins Tierheim bringen, dann..." und er verstummte.

„Dann was?", fragte sie nach.

„Dann..." murmelte er resigniert.

„Okay", unterbrach sie ihn und fügte hinzu: „Si lebt noch, Si lebt."

„Si lebt", wiederholte er.

„Langweilig", sagte sie und legte auf.

„Hündin", schoss es Si durch den Kopf, während sie neben dem Kamin lag.

Am nächsten Morgen früh, während er noch gemütlich in seinem Bett lag, stürmte Si wie immer in sein Zimmer, riss ihm die Decke vom Körper und sprang, so weit sie konnte, auf sein Bett.

Er begann sie mit seiner großen Hand zu streicheln, ihr Fell zu kraulen und ließ sie vor Vergnügen schnurren, während er dabei die üblichen netten Worte murmelte, als wäre nichts geschehen."

Sie leckte ihm im Gegenzug die Hände, das Gesicht, die Lippen, die Nase. Alles geschah wie aus Gewohnheit, und erst als ihre Blicke sich trafen, fragte er besorgt: „Si, warum weinst du?"

Aus Sis Augen rollten große, fast menschliche Tränen. „Seltsam", dachte er, „Hunde können doch gar nicht weinen." Und in diesem Moment schlossen sich ihre Zähne mit tödlicher Kraft um seinen Hals.

Er versuchte noch, sich von Si zu befreien, versuchte sie von sich zu werfen. Aber vergeblich. Si war ein großer Hund. „Hündin", schoss es ihr durch den Kopf.

Traum

„Ich höre Sie", wandte sie sich an ihn.

„Die Familie Karzani", sagte er.

Der alte Mann stand vom Stuhl auf, es war offensichtlich, dass es ihm schwerfiel.

Er sprach etwas in seiner Muttersprache.

Der Übersetzer übersetzte.

„Setzen Sie sich, setzen Sie sich", schlug Frau Schneider dem alten Mann vor.

Der Übersetzer schüttelte den Kopf und deutete mit der Hand auf den Stuhl. Der alte Mann setzte sich langsam.

„Was hat er gesagt?", fragte Frau Schneider den Übersetzer.

Er lächelte und sagte: „Ach, nichts Wichtiges."

Er erklärte weiter: „Er macht sich Sorgen."

„Worüber macht er sich Sorgen?", fragte sie.

„Wenn ich es wörtlich sage", sagte der Übersetzer und lächelte, „dann hat er gesagt: ‚Die Sonne ist jetzt im Zenit, aber sie wird im Westen untergehen.'"

„Begründet", stimmte Frau Schneider dem Besucher zu.

„Die Familie ist vor zwei Tagen aus dem Südosten des Mittelmeers geflüchtet. Keine Sprache, kein Geld, keine Sicherheit", erklärte sie.

„Begründet", wiederholte sie. „Und Sie?", wandte sie sich an Frau Karzani.

„Gott sei Dank", antwortete die Frau schnell und begann sich zu verbeugen. Dann stand sie auf und versuchte, Frau Schneider die Hand zu küssen.

„Nicht nötig", sagte Frau Schneider.

Der Übersetzer brachte Frau Karzani schnell wieder auf ihren Stuhl. Der alte Mann stand erneut auf und sagte einen kurzen Satz, während er seine Hand an seine Brust legte, als wolle er sich entschuldigen.

„Was er gesagt hat?", fragte Frau Schneider den Übersetzer.

Er grinste und sagte: „Wenn ich es wörtlich nehme, dann hat er gesagt: ‚Die Sonne ist jetzt im Zenit, aber sie wird definitiv im Westen untergehen.'"

Die Kinder fingen an zu weinen, dabei versuchte der ältere, dem jüngeren kräftig einen Tritt zu versetzen.

Das Telefon auf dem Tisch klingelte. Es war wieder der Anruf aus der Stadt.

Frau Schneider stellte sich vor, wie es sich gehört.

„Ich bin beschäftigt", sagte sie wieder und legte den Hörer zurück.

Und um ihre Worte zu bestätigen, nahm sie eine schwere Mappe mit Dokumenten in die Hand, auf der der Name „Karzai" stand, und setzte ihre Brille auf, während sie sagte:

„Nun, wir müssen arbeiten."

Er trat langsam ein, als zählte er jeden seiner Schritte.

Er ging zu dem ihm angebotenen Stuhl, betrachtete ihn
sorgfältig auf Sauberkeit und ließ sich dann wichtig
darauf nieder, indem er weit seine Beine spreizte.

„Herr Bobritski", sagte sie, „bitte."

Er wartete einen Moment, als würde er die Zeit dehnen,
und reichte ihr ein offizielles Dokument.

Frau Schneider begann zu lesen.

„Worüber arbeiten Sie?", fragte sie ihn.

„Da steht's doch", antwortete er unzufrieden und wundert
sich über die gestellte Frage.

„Ihr Beruf", wiederholte sie.

„Gut", sagte er. „Ich bin Elektroingenieur", und während
er sich langsam auf dem Stuhl hin und her wälzte, fügte
er hinzu: „Erblich."

„Aha, ich habe es schon gefunden", sagte Frau Schneider,
während sie seine Akte aufmerksam betrachtete. „Was er
gesagt hat?", fragte Frau Schneider den Übersetzer.

Er grinste und sagte: „Wenn ich es wörtlich nehme, dann
hat er gesagt: ‚Die Sonne ist jetzt im Zenit, aber sie wird
definitiv im Westen untergehen.'"

Die Kinder fingen an zu weinen, dabei versuchte der
ältere, dem jüngeren kräftig einen Tritt zu versetzen.

Das Telefon auf dem Tisch klingelte. Es war wieder der Anruf aus der Stadt.

Frau Schneider stellte sich vor, wie es sich gehört.

„Ich bin beschäftigt", sagte sie wieder und legte den Hörer zurück.

Und um ihre Worte zu bestätigen, nahm sie eine schwere Mappe mit Dokumenten in die Hand, auf der der Name „Karzai" stand, und setzte ihre Brille auf, während sie sagte:

„Nun, wir müssen arbeiten."

Er trat langsam ein, als zählte er jeden seiner Schritte.

Er ging zu dem ihm angebotenen Stuhl, betrachtete ihn sorgfältig auf Sauberkeit und ließ sich dann wichtig darauf nieder, indem er weit seine Beine spreizte.

„Herr Bobritski", sagte sie, „bitte."

Er wartete einen Moment, als würde er die Zeit dehnen, und reichte ihr ein offizielles Dokument.

Frau Schneider begann zu lesen.

„Worüber arbeiten Sie?", fragte sie ihn.

„Da steht's doch", antwortete er unzufrieden und wundert sich über die gestellte Frage.

„Ihr Beruf", wiederholte sie.

„Gut", sagte er. „Ich bin Elektroingenieur", und während er sich langsam auf dem Stuhl hin und her wälzte, fügte er hinzu: „Erblich."

„Aha, ich habe es schon gefunden", sagte Frau Schneider, während sie seine Akte aufmerksam betrachtete. „Ich bin beschäftigt", sagte sie in den Hörer und legte ihn auf den Tisch.

Frau Schneider war aus einem anderen Land gekommen, aber sie beherrschte die Sprache des Landes, in das sie mit ihren Eltern zurückgekehrt war, genauso gut wie die Sprache des Landes, in dem sie geboren war.

„Kann man?"

In das Büro trat Leonardo de Capri ein – ein Doppelgänger, der dem Schauspieler wie aus dem Gesicht geschnitten war.

„Setzen Sie sich", zeigte sie ihm mit einem Blick auf den Stuhl. „Was haben Sie?"

Er reichte ihr seine Unterlagen. In den Unterlagen war nichts Ungewöhnliches zu finden. Die Probleme eines Einwanderers in einem fremden Land.

„Übrigens", fragte sie ihn, „in Ihrer Biografie steht, dass Sie die Universität abgeschlossen haben?"

„Tatsächlich."

„Ja", bestätigte er.

„Und haben Sie sie in diesem Land abgeschlossen?"

„Ja", unterbrach er sie und wechselte zur Zeichensprache, die sie seit ihrer Kindheit kannte. Er sprach gut und klar. „Ich habe sofort verstanden, dass Sie genau aus diesem Land gekommen sind." Sein Gesicht erhellte sich mit einem Lächeln.

„Warum?"

Frau Schneider war erstaunt.

„In diesem Land", machte er eine Pause und sagte dann: „In diesem Land, in dem wir uns gerade unterhalten, gibt es keine schönen Frauen wie hier."

Sie wurde von seinem Kompliment verlegen.

„Ja, ja", wiederholte er, „nicht einmal in der Nähe."

„Wir kommunizieren nicht", sagte sie. „Wir arbeiten", fügte Frau Schneider hinzu und zog ein Blatt aus seiner Mappe. „Herr...", sagte sie, während sie nach seinem Namen suchte. „Herr..."

„Lassen Sie es ‚Herr' sein", stimmte er fröhlich zu.

„Kurz gesagt", sagte sie, „Sie sind der Sohn einflussreicher Leute. Warum haben Sie sich dazu entschlossen, alles von Grund auf neu zu beginnen?"

„Nun, erstens gibt es dort Krieg", sagte er, die obligatorische Phrase für Asylbewerber, und fügte verspielt hinzu: „Es wird bald sein." „Und zweitens, ich habe mich mit dem jetzigen Präsidenten nicht geeinigt, und das alles wegen der Leute, die ihn umgeben, die nicht die richtige Nationalität haben, sagen wir mal so, und sie üben, verstehen Sie, Einfluss auf ihn aus."

„Es wird nicht einfach für Sie sein, Unterstützung zu finden", sagte Frau Schneider.

„Warum?" fragte er, während er sich die Frisur richtete.

„Weil Sie Arbeit in Ihrem Fachgebiet suchen werden", antwortete sie auf sein „Warum".

„Nein", schüttelte er den Kopf.

„Wollen Sie eine Ausbildung machen?"

„Nein."

„Werden Sie immer mit der ausgestreckten Hand dastehen?"

„Nein", antwortete er mit einem Lächeln und zwinkerte ihr zu. „In Ihrem neuen Land wissen viele Frauen nicht, wie alt sie wirklich sind." Und er sah sie dabei genau an.

„Fehler", sagte Frau Schneider rot werdend. „Ich kenne mein Alter."

Sie füllte ihm alle seine Dokumente aus. Beim Abschied sagte er:

„Die Telefonnummer, die zu Hause, nehme ich nicht, aber die Visitenkarte mit Ihrer Arbeitsnummer nehme ich. Wer weiß..."

„Mit mir wird es schwierig für Sie sein", unterbrach sie ihn.

„Warum?" fragte er verwundert.

„Die Nationalität", sagte Frau Schneider.

„In diesen Dingen ist die Nationalität nicht das Wichtigste. Der Trick liegt im gegenseitigen Verständnis", sagte er und schloss vorsichtig die Tür hinter sich.

Wieder klingelte das Telefon aus der Stadt. Wütend legte sie den Hörer auf den Tisch. „Das war mein Mann. Er ruft ständig an."

Frau Hess stürmte ins Büro, wie der Wind durch die halbgeöffnete Tür.

„Bin ich frei?", fragte Frau Hess und plumpste in den Sessel.

„Frei", antwortete Frau Schneider und blickte auf die Uhr. „Ich schätze den Moment der Freiheit", sagte Frau Hess kurz.

Frau Hess ist eine Freundin von Frau Schneider. Sie arbeiten zusammen, aber an verschiedenen Projekten.

Frau Hess ist aus der Gegend und fühlt sich daher bei den härtesten Wendungen des Lebens leicht und frei. Sie wollte ein Motorrad kaufen, tat es, und dann vergaß sie, dass man die Geschwindigkeit regulieren muss, anstatt sich ihrer Versuchung hinzugeben, und bezahlte dafür mit einem gebrochenen Schulterblatt, abgesehen von ein paar Halswirbeln. „Was soll's", dachte sie. Sie träumt davon, Geld zu sparen und sich wenigstens ein kleines Häuschen am Bodensee zu kaufen, nahe dem Ort, an dem sie geboren wurde.

„Was für Äpfel da sind, was für Erdbeeren, und wie sanft das Wasser im See ist."

„Es bleibt nur noch ein bisschen, um zu sparen, und dann werden wir es unbedingt kaufen."

„Oh, wie sehr sie sich bemüht, sie sucht die richtigen Worte, wenn sie sich an ihre Freundin wendet. Vertreter aller Schichten und Völker", fügt sie hinzu, „gestern haben mein Mann und ich neue Angebote für den Bodensee angeschaut, wir haben beschlossen, zu warten. Aber wir werden nicht lange warten."

Frau Schneider schließt die Augen und stellt sich ein warmes Meer zwischen Koralleninseln vor, klares Wasser, und sie sitzt am Ufer und schaut auf den Horizont, der ins Meer sinkt.

„Wach auf!", ruft Frau Hess fröhlich und zupft sie. „Ich gehe jetzt."

„Bist du in Eile?"

„Nein, ich gehe ganz weg", fügt sie hinzu. „Ich verlasse die Arbeit."

„Die Zicke", so nennen die Leute hinter ihrem Rücken die Chefin.

„Hat sie dich entlassen?", empört sich Frau Schneider.

„Nein", antwortet sie ruhig, „auf eigenen Wunsch. Es hat mir einfach gereicht."

„Was wirst du nun tun?"

„Leben."

„Leben ohne Arbeit ist wie ohne Reisepass."

Frau Hess hat tatsächlich keinen Reisepass. Wenn in einem Land alles schief läuft, Flüchtlinge, Europäische Union, dann braucht man ihn nicht, denkt sie. Sie ist eine ziemliche Kritikerin, aber das hindert sie nicht daran, im Grunde eine gute Person zu sein.

„Mein Mann hat ein laufendes Geschäft", sagt sie, „und deswegen sind wir hier", sie meint sich selbst und ihren Mann. „Vorübergehend. Ich ziehe zurück zu der Adresse meiner Kindheit."

Sie verabschieden sich.

Drei Jahre später kreuzt sich ihr Weg wieder.

Eine Frau, die sich weigert, beim Betreten des Supermarktes eine Maske zu tragen und einen Streit mit einer Angestellten des Ladens begonnen hat, ist Frau Hess.

„Hallo", zieht sie Frau Schneider beiseite. „Ich hab dich sofort erkannt."

„Der Coronavirus beruhigt sich nicht", sagt Frau Hess. „Er wurde aus dem Nichts erfunden. Für die einen bedeutet er Geld, für die anderen Armut."

„Ach, komm schon", sagt Frau Schneider. „Hauptsache, wir sind da."

Die Freundinnen freuen sich, sich wiederzusehen.

„Gut, gut", sagt Frau Hess in Richtung der Ladenwächter. „Ich werde euch das nicht vergessen."

Aber sie setzt die Maske auf, und die Freundinnen gehen gemeinsam einkaufen, dabei an vergangene Tage erinnernd. „Bist du noch da?" fragt Frau Hess.

„Ja", antwortet diese.

„Es ist schwer.

Und langweilig."

„Wie die Zicke."

„Wie das Coronavirus, Masken helfen nicht", lacht Frau Schneider.

Dann lachen sie zusammen.

Frau Hess fasst sich an die Schulter, es schmerzt immer noch. Sie zählt die Krankenhäuser auf, in denen sie in den letzten drei Jahren zusammen mit ihm war, die Kurorte, an denen sie ihre Rehabilitationskuren gemacht hat. Sie denkt an ihren Mann. Es hätte besser laufen können. Zum Schluss flüstert sie Frau Schneider freudig ins Ohr:

„Wir haben es trotzdem gekauft. Wir haben es gekauft", wiederholt sie.

„Herzlichen Glückwunsch", freut sich Frau Schneider aufrichtig für ihre Freundin.

„Wir sind schon umgezogen. Wir können schon unsere Füße im Bodensee baden, ganz gemütlich." Ihre Emotionen übermannen sie. „Wie einheimische Bürger", fügt sie hinzu. „Aber warum eilt es euch? Die Ferien für die Neuankömmlinge gehen immer so schnell vorbei."

„Nein", sagt Frau Hess.

„Also zieht ihr doch um? Wann? Ihr seid wirklich großartig", sprudelt es aus Frau Schneider.

„Weißt du, wir werden noch ein wenig warten", antwortet Frau Hess verlegen.

„Die Zeit spielt keine Rolle. Hauptsache, ihr habt gekauft. Und noch dazu am Bodensee."

„Ja, wir haben gekauft", sagt Frau Hess freudig. „Am Bodensee."

„Nicht weit vom See entfernt", lässt Frau Schneider nicht locker.

„Ja, direkt am See", antwortet ihre Freundin. „Ganz nah."

„Der Ort ist wirklich schön."

„Der Ort ist hervorragend", sagt Frau Hess und flüstert Frau Schneider ins Ohr: „Wir haben mit meinem Mann zwei Plätze auf dem Friedhof gekauft – einen für ihn und einen für mich. Aber direkt am See." Und sie lächelt glücklich.

„Und das Haus?"

„Weißt du, das Coronavirus... Das Geld ist knapp. Aber immerhin...“

Frau Schneider schließt die Augen, und vor ihrem inneren Auge erscheint ein warmes Meer, Koralleninseln und klares Wasser zwischen ihnen. Sie sitzt am Ufer und schaut auf den Horizont, der ins Meer übergeht.

Manchmal habe ich Lust auf etwas Süßes

Ich bin so zerstreut, so tollpatschig, dass ich mich selbst einfach wundere. Wie kann man nur so sein? Wahrscheinlich ist es nicht leicht für die Menschen um mich herum, aber was soll ich machen, ich kann nichts dagegen tun. Manchmal mache ich etwas, und es ist so, dass mir selbst schlecht davon wird, und aus Scham möchte man sich am liebsten verstecken, und all das. In der Nacht schlafe ich nicht, quäle mich, möchte immer zurückgehen, um das Geschehene zu korrigieren, aber kann man die Zeit zurückdrehen? Manchmal hält man den Zeiger an, aber um Vergebung bitten kann man nicht mehr. Denn unser Leben ist wie eine Fahrt auf der Autobahn – einspurig, mit einem kategorischen Verbot, zurückzukehren, und alles, was in ihm bleibt, ist heilige Reue, und ich bereue immer meine Tollpatschigkeit, ehrlich und von ganzem Herzen. Denn das, was ich getan habe, habe ich nicht absichtlich getan, sondern völlig zufällig, und auch die Umstände haben ihren Teil dazu beigetragen. Insgesamt bin ich so zerstreut und vom Pech verfolgt.

Wahrscheinlich ist es nicht leicht für die Menschen um mich herum. Schon als Kind konnte ich völlig zufällig einen Teller mit heißer Suppe auf den Ostermontagsanzug meines Vaters kippen, der gerade am Tisch aß. Und glauben Sie mir, ich habe das nicht absichtlich getan, nicht aus Ärger, sondern einfach zufällig, indem ich mit meiner Hand nach der Kruste des Brotes griff, die neben dem Teller lag. Und das, was am Tag vorher passierte, als er mir mit einem Gürtel durchs ganze Haus hinterher jagte, schwingend wie mit einem Säbel, um das Unmögliche rückgängig zu machen – nämlich die Knöpfe von seinem teuren Mantel, die ich ihm abgeschnitten hatte – das war doch nicht wahr, dass er sie zurückbrachte! Nein, er brachte sie nicht zurück.

Jedes Kind hat das Recht auf ein Hobby und eine Besonderheit, und mein Hobby bestand darin, diese Perlmuttknöpfe zu sammeln. Unsere Hausdurchquerung konnte keineswegs Rache in meinem Kinderherz wecken. Ich wollte einfach nur die leckeren Brotrinden. Aber, wie gesagt, ich bin so tollpatschig und vom Pech verfolgt, dass ich völlig zufällig die stinkende Suppe auf seiner textilen Ehre verschüttete. Aber dann habe ich mich bei ihm entschuldigt. Von Herzen, ehrlich. Aber meine Mutter war beleidigt. Nun gut, er war's. Aber dann hat sie sich noch mehr verletzt gefühlt, als ich versehentlich frische Eier mit faulen verwechselt habe. Das war wirklich nicht mit Absicht, und alles. Die frischen landeten dann im Mülleimer, und die faulen – die habe ich meinem kleinen Bruder zu einem Creme Brûlée verquirlt, nach dem er so benommen war, dass er das ganze Krankenhaus mit Kotze bedeckte, als er mit hohem Fieber ins Krankenhaus gebracht wurde, zitternd wie ein Herbstblatt im Wind. Und wie ich mich um seine Gesundheit sorgte! Kein Wort. Aber dafür, dass dieser Schlingel mich am Vortag eine „krumme Gans" genannt hatte – glauben Sie mir, meine Hand auf mein Herz – das tat mir überhaupt nicht leid. Natürlich ist es peinlich. Natürlich möchte man nicht einmal daran denken. Sobald du dich an die Erinnerungen erinnerst, wirst du rot wie eine überreife Tomate. Man könnte sich aufhängen. Am besten ist es, es zu vergessen. Warum auch immer, ich mag es, nicht daran zu denken. Und ehrlich gesagt, ich respektiere meine Familie sehr. Und auf die Frage: ‚Wem hast du das nur zu verdanken?‘, antworte ich immer ehrlich, ohne Groll, mit Sprichwörtern und Redewendungen, weil ich immer das Gefühl habe, dass sie eine spürbare Stärke und einen Schutz bieten und manchmal sogar eine Prophezeiung enthalten. Zum Beispiel: ‚Der Apfel fällt nicht weit vom Stamm‘, oder wenn wir zum Schwimmen ans Meer gehen, und meine Mutter sich um Vater oder Bruder sorgt, sage ich ihr immer: ‚Schwimmen können sie gut, keine Sorge‘. Ich beruhige sie mit den Worten: ‚Scheiße sinkt nicht‘, und ich sehe, wie sie sich entspannt.

Es gibt Regeln, es gibt Ausnahmen, sagt man. Idioten haben immer Glück. Bitter, aber wahr. Kluge Leute können nur auf Ausnahmen hoffen, zum Beispiel wie ich. Aber wo bekommt man Ausnahmen her? Alles in der Welt folgt Regeln. Und so hat mein Vater Glück gehabt. Über Nacht wurde er vom Proletarier zum selbstgefälligen Bourgeois. Er kaufte statt der Postkarte, um die ich ihn gebeten hatte, ein Lotterielos und gewann, ganz zufällig, zwanzig Millionen. Und wenn er früher nach der Gehaltsabrechnung zehn Mark in seine Unterhosen steckte, um sich eine kleine Reserve für später zu verschaffen, dann sind es jetzt, glauben Sie mir, nicht weniger als eine Million. Und das Relaxen von der Seele? Hat er längst vergessen. Er spannt sich jetzt an und quält andere in teuren Bars und Kliniken. Er trinkt und lässt sich behandeln, lässt sich behandeln und trinkt. „Du bist ganz wie deine Mutter", versichert er mir. „Und du bekommst von mir keinen Cent", sagt er mir. Nun, er kann seine Frau ruhig „Miststück" oder „alte Hexe" nennen – mich kümmern diese Vergleiche nicht im Geringsten und sie stören mich auch nicht. Was mich allerdings nicht interessiert, ist, ob er mich in seiner Liste der Erben lässt oder nicht. Es ist mir völlig egal. Was interessieren mich seine Millionen? Dafür müsste man so vieles durchmachen: sich um ihn kümmern wie um ein kleines Kind, ihn füttern, den Mund abwischen. Oh, entschuldigen Sie, alles ist umgekehrt, man weiß ja, was zu tun ist, aber trotzdem macht es das nicht leichter. Krebs hat er, Krebs im Gehirn. Alle haben Krebs, aber dieser hat sich eine Krankheit ausgesucht, die richtig originell ist – er hat den Krebs im Gehirn. Ich habe ihm immer gesagt, er hätte früher auf seine Gesundheit achten sollen, und nicht in Bordellen, wo er die Preisliste studiert, sondern er hätte mal seine Gehirnzellen anstrengen sollen, wann immer es möglich war, und auch ohne Anlass, weil sonst die Gehirnzellen von selbst arbeiten werden, und dann kann man sie nicht mehr aufhalten. Und jetzt haben wir so einen Idioten, dazu auch noch mit Gehirnkrebs.

Mein Vater hat eine Vorführung gemacht, einen „Showdown", hat meinen Anwalt – übrigens meinen zukünftigen Liebhaber, aber das ist nicht wichtig – geholt, uns alle zu seinem Bett gerufen, wo er angeblich sein ganzes gutes Leben verbrachte, und sein gesamtes Vermögen, inklusive das Boot, das unter ihm liegt, diesem Verlierer, meinem Bruder, vererbt. Er wusste genau, dass dieser sich eher selbst umbringen würde, als etwas zu teilen. Und während er uns anschaute, wie Nero Rom in Flammen sah, sprach er mit weinerlicher Stimme: „Erinnert euch nicht schlecht an mich, ich werde den nächsten Tag nicht überstehen, aber ich werde immer an euch denken." Ich dachte: „Da oben im Himmel, bestimmt!". Aber was den nächsten Tag betrifft, hat er wie immer gelogen, und nicht nur die Nachbarshündin überlebt, sondern auch seine Frau und sogar den Vizekanzler eines unserer befreundeten Länder. Kann man so einem Kranken noch helfen?

Der Februar verlief für mich nicht gut. Ich habe mich mit meinem neuen Freund heftig gestritten, meine Arbeit verloren, die Preise für Haarkosmetik sind gestiegen, es hat den ganzen Tag nur geregnet, irgendwo war die Pandemie vorbei, woanders begann der Krieg, und alles lief schief. Haarkosmetik ist um fast 30 % teurer geworden. Außerdem starb mein lieber Vater, und es war nicht das Rattengift, sondern das Unglück, dass ich niemanden näher hatte als ihn. Krebskranke müssen einfach sterben, aber warum – das ist nicht mehr so wichtig.

Arme ich, wie habe ich geweint! Eine ganze Nacht lang, mit der Hand den völlig überteuerten Telefonrechnungsbetrag für die letzten Monate haltend. Dort oben, bei meinem armen Vater, und in den Telefonunternehmen denken sie, wir drucken Geld in der Küche – einfach so. Wenn es doch nur so einfach wäre. Ein echtes Pech, wie man so sagt, alles kommt zusammen. Und hier bei uns, in meiner Heimat, so nennt man unser Familienhaus am Meer, wo früher unsere Großmutter lebte, Ruhe in ihrem Grab. Leider gab es ein Unglück: der Schornstein war verstopft, und natürlich musste ich Leute rufen, um ihn zu reinigen." Sie kamen dort an, alle so wichtig, wichtiger geht es gar nicht, sie untersuchten das Haus, kletterten aufs Dach und fällten das Urteil: Der Schornstein muss irgendwo in der Mitte der Rohre gereinigt werden, durch ein Loch mit dem merkwürdigen Namen „Revision". Ich stimmte zu, wenn es eine Revision gibt, warum nicht. Außerdem sagten sie, es müssten einige Rohre abgeschnitten werden, weil ein Dussel die Wasserleitung neben dem Kamin verlegt hatte, weshalb der Kamin nicht immer richtig funktioniert. Ich dachte, der Kamin hätte von selbst aufgehört zu „atmen", aber so stellt sich das heraus. Also ließen sie eine Gasflasche auf dem Dachboden, direkt neben diesem „Revision"-Loch, und vergaßen, das Ventil zu schließen – damit es sich verflüchtige. Dussel.

Als mein Ex-Liebhaber, Tomaz, mein Anwalt, mich anrief und mir und meinem Bruder anbot, das Testament unseres Vaters in seinem Büro zu lesen, war ich nicht dagegen. Aber siehe da, ich schlug ihm vollkommen zufällig vor, dies in unserem Häuschen am Meer zu tun, zumal jeder wusste, was in diesem Dokument stand und wer was bekommen sollte. Mein Vater hatte keine Geheimnisse über seine Nachlassregelung. Nach einer bedeutungsschweren Pause stimmte der Anwalt zu, wobei er dachte, dass nach der offiziellen „Verpflichtung", allen seinen Klienten zu erklären, was ihnen rechtmäßig zustand, ihm eine „freiwillige" Einladung in mein Schlafzimmer blühen würde – persönlich mit mir beim Abendessen.

Oh, diese Männer!

Mein Bruder stimmte auch zu. Schließlich konnte er sich als frisch gebackener Millionär wiederfinden, dazu noch in seiner Heimat, umgeben von Familienfotos und an einem Ort, der ihm sowohl als Kind als auch später sehr vertraut war, der nach seinen überzeugenden Taten roch, ähnlich dem Geruch aus dem angrenzenden Schweinestall.

Kurz gesagt, er stimmte zu. Der Gockel!

Ich setzte den Termin für 19:00 Uhr an, aber ich fuhr etwas früher zu unserer Heimat, um wenigstens ein wenig aufzuräumen, bevor sie kamen. Eine Frau weiß, eine Frau macht es.

Wie ungeschickt bin ich doch! Während ich auf dem Dachboden aufräumte, bemerkte ich nicht, dass das Ventil der Gasflasche unerwartet in dieses „Revision"-Loch des Kamins geriet.

Wie zerstreut bin ich nur! Ich bemerkte gar nicht, dass das Ventil auf der Flasche sich öffnete. Wahrscheinlich ist alles das, weil ich es eilig hatte, die Schachtel mit den Zigarren, die mein Bruder so liebt, in das Kaminzimmer zu legen, die selbst Churchill neidisch gemacht hätten – so sagt man, es gab wohl so einen dicken Mann. Ich wollte meinem geliebten Bruder eine Freude machen, schließlich ist er ein leidenschaftlicher Zigarrenliebhaber, genauso wie dieser dicke Mann, von dem ich nicht weiß, ob er wirklich existierte oder nicht. Aber ich habe sie hingelegt.

Außerdem sagen viele, dass mein Bruder ein echter Kenner der Zigarren ist und fast schon ein großer Spezialist ist, der sich mit Zigarren auskennt, wie mein Zahnarzt mit geschlossenen Augen mit den Zähnen, obwohl das natürlich nicht stimmt, weil er sich auf Kosten anderer an einem Zigarettenstummel erfreuen würde. Aber ich wollte ihm wirklich eine Freude machen. Möge er sich ruhig genug daran berauschen. Schließlich wird er noch etwas zu erinnern haben.

Als sie mich auf der Polizeiwache nach meinem Alibi fragten, konnte ich nicht verstehen, warum sie sich dafür interessierten, denn in meiner Heimat war ich allein, und ich hatte keinen Grund, dieses Alibi zu erfinden. Wie soll ich wissen, was in seinem Kopf vorgeht, also sagte ich, sie sollen doch prüfen, dass ich nicht zu Hause war. Ich habe geprüft, dass mich dort niemand gesehen hat. Also sollen sie ruhig nachforschen. Es wird sie nicht schmelzen. Vielleicht muss ich ja noch heiraten, und sie stellen mich in eine unangenehme Lage, als ob ich mir merken müsste, wie sie alle heißen.

Aber wenn ich ehrlich bin… Oh, wie vergesslich ich doch bin! Ich bin von dort aus nach Hause zurückgekehrt, weil ich meinen Lieblings-Nagellack vergessen hatte. Und als Tomaz mich anrief und anbot, mich mit seinem Auto mitzunehmen, stimmte ich natürlich zu, obwohl ich genug von Alibis hatte.

Wie zerstreut ich doch bin! Aber auf dem Weg in die Heimat schien es mir plötzlich, als würde ein kleines Eichhörnchen auf der Straße auf uns zulaufen. Ich konnte es einfach nicht glauben – so ein kleines, niedliches braunes Ding mit einem flauschigen Schwanz. Ich rief aus und packte den Anwalt am Arm. Er bremste vor Schreck, die Airbags gingen auf, was für ein ekelhafter Moment, der uns mit einem Ruck in die zurückgelehnten Sitze fesselte. Ich kam wieder zu mir in einem Krankenzimmer und erfuhr, dass mein Bruder, der früher als wir in unser Häuschen am Meer angekommen war und beschloss, seine Wartezeit mit einer Zigarette zu verkürzen, in die Luft geflogen war wie ein aufgeblasenes Luftballon, wodurch er mich alleine mit diesen verdammten Millionen zurückließ. Schon eine Gewohnheit, überall und unter allen Umständen zu rauchen, ohne an die Konsequenzen und die Nächsten zu denken. Ein Schwein.

Schade, obwohl ich andererseits jetzt sicher weiß, dass ich bei den Zigarren sparen werde, die ich ihm eigentlich zu den nächsten Geburtstagen hätte schenken müssen. Das sind schließlich auch Ausgaben, und keine kleinen.

Und trotzdem höre ich nicht auf, mich zu wundern, wie zerstreut und ungeschickt ich doch bin. Heute hätte ein Wettbewerber meiner Firma ankommen sollen, so ein wichtiger Langweiler, der mir Strafgelder von etwa 50 Millionen aufbrummen wollte. Ein komischer Typ, dick wie ein Ball, kahl wie ein Konkurs, immer stachelig wie ein Igel und will ständig irgendwas, als hätte er gestern noch mit mir im Bett gelegen. Und von ihm riecht es nach Schweiß, nach allen mir bekannten Pferden und Ballerinas. Pferderennen und Pirouetten im Bett führen zu nichts Gutem.

„Ich bevorzuge für Mobilität den Hubschrauber statt des Autos", sagte er mir gestern. „Bequem und ohne Staus."

„Und was, wenn ein Stau in den Hubschrauberrotor gerät?" fragte ich. „Zum Beispiel vom Champagner?"

„Ha-ha, antwortete er. ‚Vom Champagner? Hauptsache, kein Stück Metall kommt in den Rotor, sonst...‘ und er machte ein Kreuzzeichen. ‚Dann schließt sich der Kreis‘, und er zeigte, wo das ist. Und dann zeigte er es noch einmal, und plötzlich lief mir ein kalter Schauer über den Rücken.

Und wie zerstreut ich doch bin! Wie konnte ich nur übersehen, dass ich ihn am Morgen hätte warnen müssen, dass einer der Rotorblätter von seinem Hubschrauber ziemlich wackelig ist und beim Start auf jeden Fall abfallen wird? Vielleicht fällt es aber auch nicht ab. Aber es ist abgebrochen. Denn die zufällig herausgefallene Haarnadel aus meinen Haaren könnte ja nicht mal aus Metall sein, und als ich überprüfte, ob sie fest war oder nicht und ob sie den Kreis geschlossen hatte, habe ich mich nicht verletzt, nur ein bisschen Blut kam aus meinem Finger, und es tat nicht einmal weh.

Außerdem bin ich so zerstreut, dass ich vergessen habe, ihn anzurufen und zu warnen. Und mein Pastor sagt mir, dass es dann zu spät ist, man kann nicht mehr durchkommen. Schade, peinlich, und wirklich möchte ich nicht mehr leben. Aber irgendwie habe ich plötzlich Lust auf etwas Süßes. Ich werde mir ein paar Eclairs gönnen, bevor mir zufällig wieder jemand in die Quere kommt. Denn meine Hand ist so zerstreut und einfach, dass sie selbst nicht weiß, was sie anstellt.

Romeo und Julia

Dem Regisseur gefiel heute einfach nichts.

„Zu viel Licht im Bild!" schrie er den Beleuchter an. „Der Schauspieler hat schlechtes Make-up! Ich brauche einen Helden, einen Liebhaber vor der Kamera, keinen Clown auf einer billigen Party!"

Wo ist der Produzent?", empörte er sich und kaute dabei wütend auf dem Nagel seines Daumens. Eine Gewohnheit, die aus seiner Kindheit stammte und ihm für immer geblieben war, genauso wie sein Nachname.

„Was bist du für ein Romeo!" brüllte er, versuchte, den Lärm der jubelnden Statisten zu übertönen. „Du siehst mehr aus wie ein Wahnsinniger als wie ein Shakespearescher Philosoph!"

„Was für ein unglücklicher Tag!", schüttelte er sich vor der sengenden Sonne. „Je näher das Ende des Vorhangs rückt, desto mehr begreift man, dass Zeit und Kräfte umsonst verschwendet wurden."

Er beruhigte sich nicht, und während die Statisten aufgrund seiner scharfen Bemerkungen erstarrt waren, ging er mit seinem stillen Einverständnis auf jeden los, der ihm in den Weg kam.

„Ein Dreizack in die Hand, und man könnte ein Gemälde aus der Natur machen!", spottete er. „Poseidon in der Metzgerei", neckte Merkur.

„Morgen, wie immer", beendete er. „Um acht Uhr, wer zu spät kommt, wird erschossen!" Er sprang von seinem

Stuhl und ging, ohne sich zu verabschieden, in Richtung Hotel.

„Was ist heute mit ihm los?", sagte Tibalt zu Romeo.

„Wer weiß", antwortete dieser gleichgültig.

„Er verarscht uns, wie er will!", fuhr der Shakespeare'sche Wüterich fort. „Was soll's, ein Höhepunkt des Welkinos, der große Wegbereiter, Liebling der Fans, ihm wird alles durchgelassen, alles!", hörte man Tibalt schimpfen.

„Die Rolle des Tibalt ist auch nicht schlecht", sagte Romeo und reichte seinem Partner einen Zehn-Euro-Schein.

„So wird er wieder umgebracht", sagte Tibalt weiter, nicht zufrieden. „Jede Rolle endet mit einem Tod!"

„Wenn ich mich daran gewöhne…"

„Du gewöhnst dich nicht daran", grinste Romeo. „Wenn du dich in eine Rolle einlebst, dann verlässt du sie nicht mehr."

„Du schlägst vor, ich soll die Klampen abwerfen?", empörte sich Tibalt.

„Ich schlage vor, du gehst zum Supermarkt und kaufst dir Damenbinden", meinte Romeo.

„Vielleicht ihm, vielleicht dir", sagte Tibalt spöttisch, wobei er den Regisseur meinte.

„Aber, aber, aber…", explodierte Tibalt und zog sein Schwert aus der Scheide.

„Jungs", mischte sich die Regieassistentin ein, die aus dem Nichts aufgetaucht war und es sich zur Gewohnheit gemacht hatte, immer zur richtigen Zeit am richtigen Ort zu sein. „Übertreibt es nicht. Es ist Zeit fürs Abendessen."

„Und was nach dem Abendessen?", fragte Tibalt spöttisch.

„Nach dem Abendessen? Füße waschen und ins Bett gehen."

„Und was ist mit den Mädchen?", fragte Romeo in einem passenden Ton.

„Mit den Mädchen klappt es nicht. Es gibt keine Währung. Du kannst nicht auf der Tverskaya Straße spazieren gehen, wir sind in Italien."

„Übrigens, was die Währung betrifft...", rief Tibalt Romeo hinterher, als dieser schon ging, „wann kommst du zurück und vergiss nicht, dir noch zwanzig zu holen."

„Nachdem ich dich umgebracht habe", antwortete Romeo, ohne sich umzudrehen.

„Ich hab's für einen Tag genommen, und du schlägst vor, einen ganzen Monat zu warten?", ließ sich Tibalt nicht beruhigen.

„Ich hab's natürlich für einen Tag genommen, und es wurde ein Monat daraus."

„Dieser Drecksack!", murmelte Tibalt. Aber warum beruhigte er sich nicht?

„Warum?", grinste Romeo. „Weil Tibalt das am besten weiß", und zitierte einen fremden Text: „Das ist alles der Schwindel der Königin Mab."

„In unser Drehbuch hat sich ein Fehler eingeschlichen", wandte sich Julia an die Regieassistentin, die zu ihr gekommen war.

„Was für ein Fehler?", fragte die Assistentin erstaunt.

„Ich glaube, nicht Romeo sollte Tibalt töten, sondern Tibalt sollte Romeo töten."

„Was für ein Unsinn!", klatschte die Co-Regisseurin in die Hände und sprach: „Hast du Shakespeare nicht gelesen? Bei Shakespeare tötet Romeo Tibalt."

„Aber das ist Shakespeare", antwortete die junge Schönheit und klatschte ebenfalls in die Hände. „Bei uns scheint alles andersherum zu sein: Tibalt tötet Romeo."

Sie lachten beide.

Ein Monat verging.

Romeo tötete Tibalt. Die Liebe tötete. Romeo – und es war scheinbar alles in Ordnung, wäre da nicht, dass er ihn nicht besonders expressiv getötet hat. Entweder Romeo glaubte nicht an die Aufrichtigkeit seiner Partnerin, oder Julia sah in ihrem Partner nicht die Person, für die man ohne Bedauern sterben könnte, aber diese Szene, die den Höhepunkt eines ziemlich guten und gut gedrehten Films darstellen sollte, fand nicht statt.

„Der Vertrag mit den Italienern ist abgeschlossen", sagte der Produzent und brach mit den Fingern, „sie wollen nicht bleiben." Er schüttelte den Kopf negativ. „Unmöglich."

„Die Finanzen singen ein Liebeslied", setzte er fort. „Die Sponsoren werden uns den Kopf abreißen, weil sie glauben, dass wir absichtlich den Zeitplan des Films verzögert haben, um einfach ein paar zusätzliche Tage am Meer zu verbringen."

„Und man kann mit den Italienern nicht verhandeln?"

„Doch, aber nicht umsonst."

„Seltsam", wunderte sich der Maestro. „Ich habe oft mit ihnen gedreht, und immer war alles in Ordnung."

„Das war früher, jetzt ist dieses „in Ordnung" teurer geworden. Man muss für alles bezahlen, und zwar allen."

„Er stiehlt", dachte der Maestro und warf einen Blick auf den Filmleiter. „Gewohnheit", antwortete dieser und fügte nach einer Pause hinzu: „Für alles muss man bezahlen."

„Seltsam", wunderte sich der Regisseur wieder.

„Gibt es denn etwas, für das sie kein Geld verlangen?"

„Ja."

„Zum Beispiel?"

„Zum Beispiel die Sonne."

„Inwiefern?"

„Nun, für die Sonne verlangen sie kein Geld."

„Das heißt, die Italiener nehmen für die Sonne kein Geld?"

„Unsinn", grinste spöttisch der Produzent. „Stellen Sie sich vor, wir würden für die Sonne kein Geld verlangen!"

„Aber sie nehmen es nicht, wenigstens vor sich selbst haben sie Angst", fügte er hinzu.

Die Filmcrew wurde nach Hause geschickt, außer Romeo, Julia und dem Personal, das am Drehprozess beteiligt war.

„Was sollen wir uns verkriechen?", wandte sich der Produzent an den Regisseur. „Schließlich können wir über Deutschland nach Hause fahren."

„Und die Deutschen, nehmen sie außer für die Sonne auch kein Geld für den Wind?", wunderte sich der Regisseur.

„Die Deutschen nehmen jetzt für nichts Geld", erklärte der Produzent. „Sie haben keine Zeit, sie begleichen gerade ihre Schulden aus dem Zweiten Weltkrieg."

Eine Stunde später teilte der Produzent seinem Chef mit:

„Nachdrehen in Deutschland, in der Stadt Speyer. In den Kellern gibt es Krypten."

„Wenn es in den Kellern ist", schmunzelte der Regisseur, „dann ist es gut. Ich hoffe, es sind nicht die ehemaligen Kellerräume der Gestapo."

„Sie haben es selbst verlangt, Krypten", antwortete der Produzent beleidigt.

„Welche Geister werden uns beraten?"

„Die Könige des römischen Reiches."

„Klar", sagte der Regisseur fest. „Wir werden dort drehen."

„Natürlich nicht", sagte der Produzent. „Die Deutschen mögen es nicht, die Ruhe ihrer Könige und Kanzler zu stören", und fügte hinzu: „Während ihres Lebens."

„Sehen Sie", sagte der Regisseur, „wir machen das auch nach dem Tod – und in alle Richtungen."

„Nun, nicht immer", antwortete der Produzent.

„Aber wie", sagte der Regisseur, zog eine Zigarette heraus, „könnte ich Feuer haben?"

„Sie rauchen ziemlich viel", sagte der Produzent. „Sie sind regelrecht unersättlich", und holte ein Feuerzeug heraus. „Mit Streichhölzern spielt man nicht."

„Warum mit Streichhölzern?", fragte der Regisseur.

„Oh, Herr Schulman", wandte sich der Produzent an den Regisseur, „als ob Sie nicht wüssten, wie sehr sie uns lieben."

„Sehen Sie", sagte der Regisseur, „ich bin Deutscher."

Der Produzent errötete.

„Aber mütterlicherseits bin ich ein reinrassiger Jude", fügte der Regisseur hinzu.

„Nach dem Pass?" fragte der Produzent interessiert.

„Als ob Sie es nicht wüssten", antwortete der Regisseur. „Nach dem Pass bin ich unser, aber ohne Politik."

„Aber ist es überhaupt möglich ohne Politik?", wunderte sich der Produzent. „Zeigen Sie mir einen Ort auf der Welt, wo es keine Politik gibt."

„Gute Frage", sagte der Regisseur. „Siehst du, wie gut das klingt?", schnalzte der Produzent. „Fast wie vom Blatt abgelesen. Unser Leben ist erfundene Politik, und Politik ist schon eine ganz andere, nicht erfundene, Realität."

„Zuerst werden wir Millionen umbringen", dachte der Regisseur nach und kaute an einer nicht angezündeten Zigarette. „Einander, dann sind wir wieder die altbekannten Freunde, bis zum nächsten Vorfall. Das ist eure ganze Politik", schloss er.

„Schneller das Leben", korrigierte der Produzent ihn und fügte schmunzelnd hinzu: „Jetzt weiß ich, warum Sie so genial sind, Maestro. Keines Ihrer Teile kann sich mit dem anderen versöhnen."

„Vergleiche mich nicht mit Genialität, sonst bringe ich dich um! Genialität ist eher eine Beleidigung als ein Kompliment. Mit Genialität zu prahlen ist Untätigkeit, der Tod!"

„Leben", half ihm der Produzent.

„Das Leben prahlt mit Unersättlichkeit und Unbeherrschtheit", antwortete der Regisseur. „Ach, wie lebendig ich noch bin! Also, werden Sie mir Feuer geben oder wählen Sie das Schafott?"

Der Regisseur führte einen gesunden Lebensstil. Weder in Gesellschaft noch alleine, weder aus Zufall noch ohne, trank er Wodka.

Es gab zwar Zeiten, vor allem in seiner Jugend, als genau diese das Zugehörigkeit zu den kulturellen Schichten der Gesellschaft bestimmte.

Aber die Geschwindigkeit, mit der er davon abließ, veranlasste ihn, eine richtige Entscheidung zu treffen.

Fleisch ersetzte er durch Gemüse. Wenn es kein Gemüse gab, halfen Vitamine. Ohne Vitamine reichte auch Mineralwasser.

Doch zu jedermanns Überraschung war er nicht besonders dünn, und diese vielen flüsterten heimlich und versicherten einander, dass er zu Beginn schrecklich viel aß und sogar überfraß. Ansonsten könnte man seinen Körperzustand nicht als das achte Weltwunder bezeichnen.

„Ach, diese Neider", sagen sie. „Der Mensch lebt gesund, aber sie glauben ihm nicht, und er sitzt währenddessen alleine in seinem Abteil und löst Kreuzworträtsel. Übrigens, was ist das Verhalten der Sumerer in unbewussten Umständen, 5 Buchstaben, horizontal, erster Buchstabe ‚L‘, letzter Buchstabe ‚E‘, schwach, aber er weiß es."

Es klopfte an die Tür des Abteils.

„Kann ich eintreten?" fragte eine angenehme Frauenstimme.

„Natürlich, natürlich", murmelte der Maestro missmutig.

Die Tür öffnete sich und Juliette flatterte ins Abteil.

„Womit habe ich das Vergnügen?", fragte er in einem unzufriedenen Ton.

„Ich habe einige Fragen an Sie zu Ihrer Arbeit."

„Ja, natürlich, natürlich", sagte der Regisseur, ohne von der Zeitung aufzusehen.

„Juliette liebt, und sie ist bereit, für die Liebe zu sterben. Warum?"

„Nun, wahrscheinlich, weil sie liebt."

„Aber ist Liebe so viel wert?"

„Im Allgemeinen ja", fügte er hinzu. „In der Jugend eindeutig."

„Und im reifen Alter?"

„Im reifen Alter...", der Regisseur dachte nach, dann sagte er: „Nein, wohl eher nicht."

„Also ist die Liebe nur der Jugend gegeben?"

„Gott", wunderte sich der Regisseur, „was, was haben Sie mir hiermit vor, eine Befragung zu starten?"

„Nein, Maestro, ich liebe Sie."

„Hör zu, Loro, mein Liebes, ich liebe es, zusammen zu sein, auch wenn es nur für kurze Zeit ist, das sind verschiedene Dinge."

„Ja, ja, Männer gehen zu Prostituierten nicht, weil sie geliebt werden."

„Sei nicht dumm", befahl er ihr. „Komm her."

Der Regisseur setzte die junge Frau auf seinen Schoß und schaukelte sie im Takt des sich bewegenden Zuges, während er sprach:

„Alles, was zwischen uns war, ist wahr. Nichts ist erdacht, ich habe nicht gelogen. Als wir zusammen waren, habe ich nur dich geliebt, niemanden sonst. Du warst die einzige für mich."

„Und jetzt?"

„Und jetzt?"

„Ja, jetzt", sagte er langsam, als ob er nach den richtigen Worten suchte. „Du bist 18, ich… ach, ach, ach, frag nicht, ich werde es dir nicht sagen."

„Das spielt keine Rolle", unterbrach sie ihn.

„Ich habe Familie."

„Du liebst mich, ohne Zweifel", sagte sie.

„Ich habe gewisse Verpflichtungen", fuhr er fort.

„Du liebst mich."

„Vor den Angehörigen, vor den Kindern."

„Du liebst mich."

„Zehn Worte bleiben unausgesprochen zwischen uns."

„Und wie bekannt mir diese Stimme ist", las er die Zeilen von Shakespeare.

„Sie brachte sie hierher, die Liebe. Sie hält nicht vor Wänden."

„Sie wird nicht aufgehalten", sagte sie.

„Na gut", der Maestro setzte sie neben sich, streckte seine verspannten Beine aus.

„Sie ist 17", sagte er. „Alle Magazine, Radiostationen und Fernsehprogramme wiederholen ihren Namen. Der Film ist noch nicht erschienen, aber für dich ist er schon ein Erfolg. Danach wirst du ein echter Star werden, und glaub mir, zu Recht. Neue Rollen, Horden von Verehrern. Romeo wird nicht für drei Stunden auf der Leinwand sein, sondern für das ganze Leben. Hör zu, warum brauche ich dich?"

„Zu meinem Dank."

„Dummkopf, ich liebe dich."

„Schon wieder ‚Ich liebe dich, ich liebe dich', als ob es keine anderen Worte im Gespräch gibt", sagte der Regisseur und erkannte, dass nicht nur er diese noch nicht zur Frau gereifte, junge Dame liebte, sondern auch sie ihn liebte. Und was in ihr lebte, war nicht eine gewöhnliche Schwärmerei oder ein Götzenkult für einen berühmten Menschen, sondern ein echtes, vollwertiges Gefühl. Wie schade, dachte er, und traurig darüber, dass er nie den Mut finden würde, mit einem einzigen Schlag mit der Vergangenheit Schluss zu machen, zu fliehen, wie auch immer dieser Vergleich für ihn seltsam erscheinen mochte, bis ans Ende der Welt.

„Spiel nicht übertrieben", sagte er zu ihr. „Wenn ich alle Schauspielerinnen, mit denen ich gedreht habe, heiraten würde, dann wäre mein Pass dicker als alle gesammelten Werke, die jemals veröffentlicht wurden."

„Ich liebe dich", flüsterte sie, und Tränen liefen von ihren Wangen.

Es klopfte an der Tür.

„Chef, wir sind da. In Speyer, das italienische Wetter, wie Sie es bestellt haben."

„Nun, das ist gut", antwortete der Regisseur dem Produzenten, während er aus dem Fenster des Zuges starrte.

„Speyer, Westdeutschland, Friedhof, Grab der Familie Capulet. Szene 478."

„Paris geht", ruft der Regisseur.

Paris

„Gib mir die Fackel und geh. Bitte, nein. Blase sie aus. Ich will nicht gesehen werden."

„Na, wie ist es?" fragt der Maestro seine Assistentin.

„Herausragend und sehr talentiert", antwortet sie begeistert.

„Ich rede nicht von der Szene", seufzt er. „Ich rede von den Ballettschuhen für deinen Enkel, die ich dir im Kaufhof gekauft habe."

„Herausragend und talentiert", beendet der Chefregisseur den Satz für sie.

Über beide lachen sie.

„Gedreht", fällt das Urteil des Maestros. „Paris und Balzazar sind frei, damit ich euch heute nicht mehr sehe."

Juliette spricht die Schauspielerin an: „Reiß dich zusammen, bitte. Mach noch ein letztes Wunder. Komm schon, Larochka." Und beißend an ihrem Daumennagel, wie gewohnt, ruft sie: „Nächste Szene, los!" und lässt sich erschöpft in den Stuhl plumpsen. „Warum sind sie alle heute wie schlaue Fliegen?"

Juliette

„Was hält er da in der Hand? Ist das ein Fläschchen?

Er hat sich also vergiftet, dieser Schurke.

Hat alles selbst getrunken und mir nichts übriggelassen.

Aber nein, in ihm ist noch etwas für mich."

Sie trinkt aus dem Fläschchen.

„Stopp!", empört sich der Maestro. „Selbstgemacht."

„Das steht nicht im Text", stimmt ihm seine Assistentin zu und bittet dann sanft: „Larochka, Juliette muss sich mit einem Dolch ersticken. Hast du das vergessen? Nichts passiert, reiß dich zusammen."

Ein weiteres Mal klatscht der Chefregisseur in die Hände: „Nun, zusammenreißen, los!"

„Es scheint zu regnen", runzelt der Produzent die Stirn und blickt zum dicken, bewölkten Himmel.

„Halt die Klappe!", brüllt der Chef. „Ruhe am Set!" Und fordert noch einmal: „Nochmal! Nochmals!"

„Na also, das kommt dabei heraus", entschuldigt sich der Regisseur für seine unbeherrschte Grobheit und wendet sich an seine Assistentin.

Sie steht schweigend da und denkt an etwas für sich.

Juliette

„Wessen Stimmen sind das?

Es ist Zeit zu Ende zu gehen. Aber der Dolch, er wird gleich kommen.

Bleib im Etui. Sieh, was du mit dir machst.

Ich liebe dich, ich liebe dich." Sie fällt.

„Was ist das, was ist das?", empört sich der Regisseur. „So stirbt man nicht! Was ist das für ein Fall? Du spielst, als ob du zum ersten Mal in deinem Leben stirbst!" Er fügt müde hinzu: „Nochmals von Anfang an! Und bitte, Juliette muss auf Romeo fallen, aber in die Arme, auch wenn er tot ist, aber er muss geliebt werden, und nicht mit den Füßen zuerst, als ob du auf eine Matratze fällst. Aber bitte, los!"

„Chef", sagt die Assistentin zum Regisseur, „Larochka verwechselt wieder etwas. Das steht nicht im Stück." In der Hand hält sie den Text.

„Was steht nicht?", wundert sich der Regisseur.

„‚Ich liebe dich, ich liebe dich'", antwortet die Assistentin mit Juliette's Tonfall.

„Hören Sie, liebe, soweit ich mich erinnere, haben Sie einen Ehemann", sagt er.

„Ja", antwortet sie.

„Dann üben Sie doch auf ihm", seufzt er. „Es bleiben nur noch ein paar Aufnahmen, und wir kämpfen schon den ganzen Tag."

Er schüttelt den Kopf.

„Noch einmal", nimmt die Assistentin die Zügel in die Hand.

„Noch einmal", fordert der erschöpfte Regisseur die Schauspieler auf und bricht plötzlich wieder aus:

„Romeo, ist Juliette eingeschlafen? Warum liegt sie da wie am Strand? Weck sie auf, sie muss nicht schlafen."

„Willst du ein Bier?", fragt die Assistentin ihren Chef und reicht ihm eine Dose Bier. „Kalt."

Er schaut sie so an, dass eine Übersetzung von Blick zu Sprache nicht nötig ist.

„Verstanden", stimmt sie zu und geht ein Stück zur Seite.

„Los geht's, noch einmal", ruft sie den Schauspielern zu, während sie schüchtern einen Blick auf den Maestro wirft.

„Juliette ist tot", sagt Romeo leise.

„Romeo, mein Freund", sagt sie zu ihm. „Es ist noch zu früh." Sie bittet den Kameramann: „Noch einen Take." Und dann wendet sie sich bedeutungsvoll an die Schauspieler: „Preisträger, Pause", dann spricht sie langsam und deutlich: „Nobelpreis. Ich bitte, streng nach Drehbuch zu spielen."

„Sie ist nicht nach Drehbuch gestorben", sagt Romeo noch leiser und schüttelt den Kopf. „Ihr Puls ist nicht mehr da."

Der Regen fällt in großen Tropfen vom Himmel.

Gekochte Eier

Der Spanier saß an einem Nachbartisch und aß gekochte Eier. Es schien von außen, dass er sie mit normalen Pflaumen verwechselte, und der Berg aus Eierschalen wuchs mit der Geschwindigkeit einer geometrischen Reihe.

„Na, gib's ihm!", sagte Lewuschkin und bewunderte die schöne Arbeit seiner Kiefer. „Er isst nicht, er mahlt!", fügte er hinzu. „Und alles in den Schuppen, alles in den Schuppen, wie der geizige Ritter aus Toledo."

„Beneidest du ihn?", fragte ich.

„Ich beneide nicht", antwortete er mir. „Aber ich wundere mich. Ich konnte sie schon als Kind nicht ausstehen", sagte er und zog sich zusammen. „Gelb-weiße Embryonen."

„Und an Ostern?"

„An Ostern?" fragte er mich, und gab sich selbst die Antwort. „Du kannst deinem kranken Vater doch nicht ein Glas Wasser verweigern. Also muss ich mich mit ihnen arrangieren. Nimmst du?"

Ich antwortete nichts, ich saß einfach da, als ob ich träumen würde, und es schien, als würde ich über etwas nachdenken. „Schau, schau!", sagte Lewuschkin wieder zu mir und ging wieder zum Tisch, um eine neue Portion zu holen. „Ein Traglodyt, ihm reicht es nie!"

Der Spanier fuhr fort, sein Werk sorgfältig und schön auszuführen, das mitgebrachte Essen kaute er sogar, ich würde sagen, intellektuell, er hielt eine stolze Haltung, ließ den Rücken nicht auf die Lehne des Stuhls sinken, auf dem er saß.

Er bemerkte uns einfach nicht.

„Das Bild zeichnet sich ab, die Schlampe", sagte Lewuschkin wieder zu mir. „Jetzt gehe ich zu ihm und erinnere ihn daran, dass man Eier mit Salz isst."

„Und ich werde sie ihm unbedingt salzen, oder vielleicht vertausche ich die gekochten mit denen, die er in seiner Hose trägt."

Ich antwortete wieder nichts.

„Hör mal", wandte sich Lewuschkin an mich, „ist es wahr, dass er Spanier ist, oder ist das nur ein Spitzname in der Gegend?" Und, während er ihn genau ansah, fügte er hinzu: „Für mich ist er ein echter ..." – seine Phrase wurde abgebrochen, da der Spanier aufstand, den Tisch verließ und in unsere Richtung ging. Er ging an unserem Tisch vorbei und als er das Restaurant verließ, drehte er sich unfreundlich um und sah in unsere Richtung.

„Karamba!", sagte ich versteckt lächelnd zu Lewuschkin. „Er spürt jedes Wort, das über ihn gesagt wird, in seiner Nackenmuskulatur." Dann fragte ich ihn: „Und was fühlt dein Hintern?", wobei ich auf eine mögliche Abreibung anspielte.

Lewuschkin murmelte etwas als Antwort. Ich zog die Pistole vorsichtig heraus, die ruhig unter meinem Sakko lag, und richtete sie auf die Tür, durch die der Spanier verschwunden war.

Lewuschkin tat dasselbe, aber in Eile und irgendwie unschön, was mich sehr enttäuschte. Was für eine Dummheit, dachte ich, was lernen diese Toren eigentlich?

Als er meine Unzufriedenheit bemerkte, sagte er in seiner Verteidigung: „Chef, achte darauf, dass deine Dummheit – er meinte meinen Mauser – nicht auf deine eigenen Fersen zurückschlägt, wenn wir uns zurückziehen."

„Das wird noch schlimmer als Terpentin", grinste er.

„Wie?" fragte ich.

„Ja, so", sagte er. „Sein Colt hat in die Luft geschossen."

„Ha!", wunderte sich Lewuschkin und betrachtete seine Pistole.

„Steck sie wieder in die Holster, nichts daran anfassen und spiel nicht mehr damit", sagte ich zu Lewuschkin. „In deinen Händen verwandelt sich selbst ein Stock in eine gefährliche Waffe", fügte ich hinzu und scherzte.

Lewuschkin steckte hastig den Colt in die Holster und sagte verwundert: „Knallkörper!"

„Knallkörper, Knallkörper", wiederholte der Regisseur, ließ eine Pause und sagte dann: „Schlecht, schlecht. Ich brauche ein starkes Werbevideo, keinen Bestseller-Kandidaten für einen Oscar. Was versuchst du hier?", wandte er sich an Lewuschkin. „Ich brauche auf dem

Bildschirm einen naiven Jungen, einen Banditen aus dem Volk, und du spielst eher einen Charlie aus der Zeit der großen Depression. Nein, Depression gibt es genug in deinem Spiel, aber die Zuschauer brauchen Optimismus. Der Morgengrauen der Käufe! Alles zu seiner Zeit. Lass sie weinen, wenn sie zu Hause ihre Einkäufe auspacken, aber das ist nicht mehr unser Problem, wir bekommen für diesen Prozess kein Geld. Unsere Aufgabe ist es, dass sie glücklich ihr Geld ausgeben, das auch uns in die Tasche geht. Und du redest so, dass du dir lieber das Leben nehmen würdest, als zu kaufen. Junge!"

„Jetzt bin ich dran", sagte er, „du bist doch auch Regisseur von Beruf. Wer, wenn nicht du, weiß, was von dir erwartet wird? Und du bist nicht mal ein Clown. Deine Hand schnitt wie ein Säbel durch die Luft. Talentlos!"

Jetzt war der Spanier dran. „Du, was hast du vergessen? Wer bist du? Ein echter Macho geht auf Eier wie auf einen Stierkampf, wie auf einen Stier, wie auf den Tod, mit einem Lächeln und Verachtung. Was sind schon dreißig Stück auf einmal? Wenn du gut verdienen willst, dann strenge dich an und schluck drei Schalen, mit einem Lächeln, damit jeder, der unsere Werbung sieht, sich zu dir auf den Weg macht, die Hosen voll von Glück, und dann im nächsten Laden alles weiße und gelbe Zeug aufkauft."

Und er fügte grinsend hinzu: „Du sitzt doch nur auf deinem Hühnerhaufen, du Hahn."

„Er ist kein Hahn", sagte ich. „Ich sehe darin nichts Beleidigendes. Da ich mich nicht für das Privatleben anderer interessiere", sagte der Regisseur. „Ob rosa oder normal, wir sind alle Menschen."

„Ich bin nicht rosa", sagte der Spanier. „Ich bin kein Hahn."

„Doch, du bist ein Hahn, mein Junge, und außerdem ziemlich langweilig", fuhr der Regisseur fort, als ob er zum Spanier sprach. „Du hast uns verlassen. Du bist ein Steinbock unter Hähnen!"

„Seine Frau hat ihn nicht verlassen", versuchte ich, ihn zu verteidigen. „Er hat sie selbst verlassen", fügte ich hinzu. „Er hat sie über alles geliebt und sie dann verlassen."

„Ja, das bestätigt meine Worte", sagte der Spanier. „Der, der sie verführt hat, wird dafür büßen", sagte er fest.

„So benimmst du dich wie ein betrogener Gitarrist, dem die Saiten gerissen sind. Du solltest besser Pferde stehlen, anstatt Eier zu essen!"

Das Gesicht des Spaniers verzog sich zu einer Grimasse. Lewuschkin wurde mal rot, mal blass, und ich schwieg einfach. Es gibt eben viele Überraschungen im Leben.

„Schaut mal hierher!", unterbrach der Regisseur die Pause. „Ich gebe Meisterklassen!" und zeigte auf den Spanier. „Nimm die Knallfrösche!", sagte er.

„Jemand von euch, setzt euch an den Tisch!" fügte er hinzu, „Ich bin das, du! Und sei nicht schüchtern. Keine Angst, die Pistolen sind nur mit Wasser geladen."

Der Spanier trat zu mir und reichte mir seine etwas zitternde Hand. Seine Wangen wurden rot, wie bei einem jungen Wesen, das zum ersten Mal ein schlechtes Wort hört.

Ich schüttelte den Kopf.

„Was habt ihr da für eine Diskussion?" fragte der Regisseur missmutig und begann, Eier mit der Geschwindigkeit einer hungrigen Schlange zu verschlingen.

Nachdem er satt war, stand er auf, klatschte sich mit beiden Händen auf die Oberschenkel, was offenbar bedeutete: „Lernt, Leute!" und ging mit einem fröhlichen „Auf geht's!" zum Ausgang, dabei sprach er mit dem zerzausten und zerknitterten Spanier, als stünden sie kurz vor einem Gladiatorenkampf: „Los, Rose!" Der Spanier sprang hinter ihm her. Ein Schuss ertönte.

Es ist jetzt mehr als ein Monat her, dass ich als Regisseur für Werbespots von landwirtschaftlichen Produkten arbeite. Endlich, nachdem ich die Arbeitslosigkeit und die temporären Verdienste hinter mir gelassen habe, kann ich frei atmen und muss mir keine Gedanken mehr über den kommenden Tag machen.

Ja, es ist vielleicht nicht gut, aber gerade ich habe die Geliebte des Spaniers mit dem Vetter des Regisseurs verkuppelt. Und gerade ich habe das Gerücht verbreitet, dass der Spanier, übrigens ein wirklich passabler Typ, angeblich eine unnormale Orientierung hat.

Der arme Lewuschkin hatte keine Ahnung, dass ich ihm statt eines Knallfrösches eine echte, geladene Maschinenpistole untergeschoben habe, was später sowohl ihn als auch die Strafverfolgungsbehörden überraschte, die mit der Untersuchung des Vorfalls befasst waren.

Der arme Regisseur, der seine Idee nie bis zum Ende verwirklichen konnte und in Vergessenheit geriet, hinterließ keinen bleibenden Eindruck bei den dankbaren Zuschauern.

Armer ich, obwohl was rede ich von Armut. Morgens, wenn ich mein Frühstück zu mir nehme, das nie ohne ein obligatorisches Spiegelei auskommt, bereue ich, bereue ich, bereue ich alles, was ich getan habe, und entschuldige mich nicht, und nur eines wärmt meine Seele: der Regisseur, der uns viel zu früh verlassen hat, ist nicht einfach mit leerem Magen von uns gegangen, sondern hat sich ordentlich gestärkt.

Nach der Methode der Kamasutra

Mein Name ist Jack. Ich bin Kommissar bei der Polizei. Familie: zwei Kinder, eine Frau, Steffi – eine kluge, schöne, gemeine Frau. Nein, ihr liegt falsch, aber wenn man es genau nimmt, vielleicht ein bisschen. Doch nein, nein, ihr liegt wirklich falsch, das ist doch meine Frau.

Die Kinder sind wie Kinder, man hat genug von ihnen, aber immer noch gibt es genug. Aber das sind doch meine Kinder.

Die Alten sind noch bei guter Gesundheit, obwohl ich selbst auch nicht mehr der Jüngste bin. Doch meine Mutter ist wie immer nörgelig, mehr am Meckern als am Anbauen. Aber das ist doch meine Mutter! Über meinen Vater schweige ich lieber, er sprudelt immer aus mir heraus, wenn er an mich denkt.

Welcher Spruch? Schweige lieber, weil das ist mein Vater.

Die Arbeit bei der Polizei ist manchmal schwierig, manchmal auch nicht, wenn der Fall klar wie Wasser vor dir liegt. Schwieriger wird es, wenn das Gehirn eine Achterbahn fährt und der Fall ins Leere geht. Aber irgendwie schaffe ich es, drehe mich, weil das nun mal mein Job ist.

Kollegen, wer Karten spielt, wird mich verstehen: zwei Löcher im Ärmel. Ersteres – mein Chef, ein unbeschreiblicher Drecksack. Zweites – mein Partner, der sich immer über mich lustig macht, wenn er mich nüchtern mit den Augen eines Chefs ansieht. Aber wir gehen immer gegenseitig zum Namenstag, weil das nun mal mein Job ist.

Apropos Job, hier bin ich gerade. Apropos Karussell, ich stehe auch daneben. Ein Mann fiel aus einem Wagen des Riesenrades, als ihm neun Gramm Blei ins Gesicht trafen. Er liegt auf dem Gras, die Beine seltsam auseinander, versuch das mal nachzumachen, klappt nicht. Genug Blut unter ihm für alle. Seine Hose ist an der empfindlichen Stelle – wie soll man das besser sagen – feucht.

Warum interessierstся ich mich? frage ich meinen Partner. Er verzieht das Gesicht. Wahrscheinlich kranke Nieren. Der Tote liegt schon seit drei Stunden hier, fanden wir vor einer halben Stunde.

„Inkontinenz", wiederhole ich. „Wie klug du doch bist! Hättest du besser in die Krankenpflege gehen sollen", verziehe auch ich das Gesicht.

„Hast du irgendetwas Interessantes bemerkt?" frage ich, meine Ohren spitzend.

„Ja", sagt mein Partner. „Die Uhr hat um Mitternacht gestoppt", und er zeigt auf die Leiche.

„Wenn er gefallen ist, dann liegt er hier schon die ganze Nacht", schließe ich.

„Das sind nicht die Uhren, die vom Sturz anhalten", sagt mein Partner.

„Ja, ich sehe mir die Uhr an", sage ich. „Uhren dieser Marke stoppen selten, schon gar nicht vom Sturz."

„Und was noch?" frage ich weiter.

„Er wurde aus nächster Nähe erschossen", sagt er.

„Vielleicht ist das Opfer gefallen und hat sich den Kopf an einem Stein gestoßen", necke ich.

„Vielleicht", stimmt er mir zu. „Gefallen, gestoßen, und dabei hat er wahrscheinlich eine Durchschlagkugel im Hinterkopf abgefangen."

„Also haben wir einen Leichnam", schließe ich. „Er liebte Kinderkarussells und nächtliche Spaziergänge, geriet aber in eine feuchte Falle." Und plötzlich breche ich mitten im Satz ab – das ist so gar nicht wie ich. Und wenn es nicht wie ich ist, dann ist es wichtig. Ich entdecke einen Hinweis, der alles an seinen Platz bringt.

„Nicht anfassen!", entfährt es mir fast wie ein Schrei, als ich mich an meinen Partner wende. Und in diesem Moment trifft mich etwas Unverständliches und Schweres an der Stirn.

„Nun ist es vorbei, sie haben mich erschossen", denke ich.

„Es schoss ein Scharfschütze", sagt mein ehemaliger Partner zu meinem Chef. „Wahrscheinlich aus dem gegenüberliegenden Gebäude, dritter Stock, Wohnung 45." „Mit hoher Wahrscheinlichkeit oder ganz sicher?"

„Ganz sicher", antwortet ihm der Partner. „Die Expertise zur Wohnung 45."

„Und was gibt's da?"

„Da wohnt schon lange niemand mehr.“

„Wie das?“ fragt der Chef erstaunt.

„Der Eigentümer der Wohnung ist in Afrika, und die Wohnung steht seit zwei Jahren leer.“

„Und wie lebt er da?“ fragt der Chef.

„Wie ein Prinz.“

„Spitzname?“ fragt der Chef angespannt.

„Er trägt den Titel“, antwortet der Partner.

„Was meinst du damit?“

„Es hat keinen tieferen Sinn, aber er ist ein Prinz von Geburt an und führt jetzt die Leute, die das wissen.“

„Und was hat dieser Streikbrecher bei uns gemacht?“ fragt der Chef. „Bei uns gibt's doch genug Prinzen.“

„Er hat die Grundlagen der Gedankenübertragung über große Entfernungen in den Bedingungen des kalten Landes studiert“, antwortet der Partner.

„Also kommt er mit kurzen Distanzen klar?“

„Na klar, bei kurzen Distanzen ist er ein Akademiker.“

„Beruf?“ fragt der Chef.

„Spitzname.“

„Und unter seinen Leuten?“ fragt der Chef und meint damit spezifische Kreise.

„In der UNESCO, er lässt sich da als ernsthafter Mann ansehen", sagt der Partner.

Der Chef kratzt sich an seiner riesigen weiblichen Brust.

„Ich habe in letzter Zeit ein komisches Ziehen hier", klagt er seinem Partner und fragt dann streng: „Alibi?"

Mein Partner informiert mich, dass das Alibi in Ordnung ist. Prinz ist vor einem Jahr bei einem Flugzeugabsturz über dem Südpol ums Leben gekommen.

„Identifiziert?", frage ich.

'Aber sicher!', antwortet er und grinst. „Was für ein Pech, dass es den armen Kerl so weit verschlagen hat." Er lächelt, aber sein Lächeln verzerrt sich zu einer Grimasse, und er sackt aus seinem Stuhl. Er klammert sich an seine Brust und ringt nach Luft.

„Na toll, jetzt haben wir keinen Chef mehr", sage ich und befehle, die Türen zu schließen.

Die Frau meines Partners spreizt ihre Beine, und ich stoße tief in sie ein. Die Mordgeschichte wird immer klarer. Die alte, bewährte Methode der Dedektion, die auf der östlichen Kama Sutra basiert, ist bekannt, aber nur wenige beherrschen sie. In unserer Polizeistation haben wir viel Zeit in die Ausbildung investiert. Je tiefer der Sex, desto höher die Aufklärungsquote.

„Die nächtliche Kinderkarussell war keine Karussell, sondern eine Glücksspielhöhle", folgere ich. „Entweder man gewann alles oder bekam eine Kugel in den Kopf."

Nur die nassen Hosen und die stehengebliebene Uhr sind noch unklar. Wer hat mich erschossen und warum musste unser Chef dafür büßen?

Mein ehemaliger Partner gibt noch zwei kräftige Stöße, um die Ermittlungen voranzutreiben.

„Klar wird mir alles', sage ich. „Das Opfer ist der Prinz. Warum wurde er getötet? Ganz einfach, weil er auf die falsche Nummer gesetzt hat. Und die nassen Hosen? Angst! Erst die Hosen, dann wurde er so blass, dass er nach dem Schuss nicht mehr reagierte. Alle Körperfunktionen stellten ein."

Und dann ist da noch dieser gelbe Koffer, den mein Partner, damals noch Leutnant, vom Tatort mitgenommen hat. Er hat ihn noch nicht geöffnet. Und da drin...

Ein Grauen ergriff sein Glied.

„Bist du etwa impotent?", fragte die Frau, unsere hauptamtliche Ermittlerin für tiefgehende Deduktion.

„Na klar", antwortete ich.

In der Diele stand genau dieser Koffer.

Der Leutnant stieß einen Schrei aus und bemerkte nicht einmal, wie der Tod ihn ergriff.

Auf dem Computerbildschirm erschien die Meldung: „Nach der Werbung geht es weiter." Ich wischte mir den kalten Schweiß von der Stirn und zog das Spiel aus dem Computer, ein Detektiv-Spiel.

Ich zog es heraus und dachte nach: „Ein kostenloses Spiel bleibt ein kostenloses Spiel."

Der ausgeschaltete Monitor leuchtete plötzlich auf. „Eine Überraschung erwartet dich", stand auf dem Bildschirm.

„Was für ein Blödsinn", dachte ich. „Ich habe ihn doch ausgeschaltet." „Na ja", dachte ich, „das kann ich später klären. Jetzt habe ich erst einmal Hunger."

Als ich in die Küche ging, stolperte ich fast über einen gelben Koffer, der plötzlich aufgetaucht war. „Was zum Teufel?", schoss es mir durch den Kopf, während ich einen heftigen Schlag auf die Stirn bekam. „So, jetzt bin ich also tot."

Replik

Ich betrete den Logarithmus. Trete ein wie gewohnt, stoße mich ab an seinem Fundament, wie an einer Ziegelmauer aus rosafarbenem Klinker. Ich breite seinen Grad aus wie mein Schicksal auf süße, billige Freuden. Ein Quadrat, durchschnitten von einer Diagonalen aus hellem, strahlendem Licht, blendet meine Augen und erwärmt mich mit der Hitze eines unerwarteten Indianersommers. Welch ein Wunder der Natur! Seife aus Löwenzahn nistet wie ein Drossel in meinem Gedächtnis und baut genetisch die Struktur von Aminosäuren auf, die im Laufe der Zeit zusammenlaufen und sich selbst unter stärksten Säureregen nicht auflösen. Angst zeugt das Sein. Das Sein flirtet mit einem löchrigen Portemonnaie, vollgestopft mit Kleingeld, bläst sich auf vor Wichtigkeit und lügt sich selbst sofort an. Eine Schachtel Streichhölzer, gekauft für ein bisschen Glück, wird sowieso verbrennen wie ein Streichholz, das man aus Langeweile anzündet. Lass sie brennen! Hauptsache, es friert nicht.

„Bestie", sagt sie zu mir. „Eine gewöhnliche Bestie." Und ihre Stimme bricht in einen Schrei.

Ich stopfe mir die Ohren mit beiden Zeigefingern zu, um das Weitere nicht zu hören.

„Schuft", hämmert ihr Wort in meinen Schläfen. „Denkst du, du kannst dich vor dir selbst verstecken? Nein, das kannst du nicht."

Ich widerspreche nicht, lass sie reden, ihren Frust ablassen, Dampf ablassen.

„Gut", stimme ich zu und schweige weiter.

„Wir müssen etwas ändern", schlägt sie vor.

„Was?", frage ich, eher mich selbst als sie. „Was denn?"

„Na ja", sie wird unsicher. „Wir müssen etwas ändern."

„Müssen wir wohl", stimme ich zustimmend und böse. „Lass mich in Ruhe. Ich will meine Ruhe."

Ich gehe in die Küche, schlage die Kühlschranktür zu und lasse das Geschirr scheppern.

„Wie kannst du nach allem noch einen Bissen essen?", fragt sie ungeduldig.

„Ich habe seit morgens nichts gegessen", flehe ich sie an und jammere. „Ich will schlafen."

„Schlafen?", wundert sie sich. „Du kannst noch ruhig schlafen?"

Ich beginne mich anzuziehen.

„Wohin gehst du?", empört sie sich. „Sicher wieder an die Uferpromenade, um die Möwen zu beobachten?"

Ich schweige.

„Weißt du, sie haben das Meer schon längst verraten", sagt sie. „Sie fressen auf den Mülldeponien alles, was sie finden. Sie sind wie Krähen. Und in ihren Träumen laufen Ratten herum. Lass sie doch in Ruhe", erwidere ich verärgert und schlage die Haustür zu.

Ich betrete ein Restaurant. Es scheint keine freien Plätze zu geben. Nur an einem Fenster sitzt allein eine Frau. Ich habe keine Wahl und setze mich ihr gegenüber, in der Hoffnung, sie würde mich ignorieren. Ich hole eine Zigarettenpackung heraus, obwohl ich weiß, dass Rauchen hier wahrscheinlich verboten ist.

„Was darf es sein?", fragt der Kellner und reicht mir die Speisekarte.

„Alles und viel", antworte ich, ohne in die Karte zu schauen. „Und zu trinken?"

„Nach eigenem Ermessen", murmele ich.

Er mustert mich abschätzend, kommt zu einem Schluss und sagt: „Klar" und verschwindet.

Mein Blick ist auf der Spitze meiner unentzündeten Zigarette fixiert.

Ein Feuerzeug klickt, und das Feuer beleuchtet den Halbdunkel.

„In diesem Lokal darf geraucht werden", sagt die Frau mir gegenüber. „Es gibt in der Stadt nur noch wenige, wo das noch erlaubt ist. In diesem Restaurant jedenfalls schon." Sie stellt ihr Feuerzeug vor sich hin.

"Nein, ich war schon lange nicht mehr hier", antworte ich ihr und lüge wie immer, denn ich bin hier zum ersten Mal und in dieser Stadt eigentlich nur auf der Durchreise.

"Früher konnte man hier alles", sagt sie.

"Alles?", frage ich erstaunt. "Was genau meinen Sie?"

"Nein, nicht das, was Sie denken", sagt sie und lächelt verschmitzt. "Früher", fährt die Frau fort, "klang in diesem Saal lebendige Literatur, Gedichte von ebenso lebendigen Autoren."

"Und auch Klassiker?", helfe ich ihr.

"Natürlich, wie könnte man darauf verzichten?", sagt sie. "Und es erklang Musik, die man nicht aus jedem Fenster hörte."

"Stimmt", bestätige ich sie.

"Und heute?", fragt sie.

"Heute?", frage ich zurück.

"Heute ist nichts", antwortet sie.

Ich nehme die Speisekarte, die mir der Kellner gebracht hat, und zähle laut: "Sechzehn Vorschläge", sage ich.

"Sechzehn", bestätigt sie und lacht. "Sechzehn Vorschläge. Die Qualität ist dieselbe, nur der Preis ist unterschiedlich."

"Ich habe Hunger", seufze ich. "Ich hatte gehofft, etwas zu essen."

Ich schaue auf meinen Teller.

"Essen Sie", befiehlt mir die Frau. "Alles darauf ist essbar", fügt sie hinzu. "Mehr haben Sie heute nicht verdient."

Ich verschlinge den Inhalt und spüle ihn mit Wodka hinunter. Langsam vergesse ich mich selbst und ziehe mich in mich zurück, in der Erkenntnis, dass es so ruhiger ist.

Es ist so heiß. Ich berühre deine samtene Haut und bekomme plötzlich einen Schauer. Mit meiner Hand streiche ich über den Rand deines Glücks und komme außer Atem.

Meine Finger suchen von selbst etwas und finden es.

Es ist heiß. Trink, trink wie Wasser, dieses Verlangen. Löse dich darin auf wie ein Tautropfen in der Kühle des Morgentaus.

Deine Lippen, deine Lippen wissen selbst, was sie tun. Deine Augen sind halb geschlossen, man kann sie nicht mehr aufwecken. In ihnen lebt das Gefühl, andere Welten zu spüren.

Deine Beine winden sich wie Pflanzenwurzeln umeinander. Ich komme näher. Das Spiel ist vorbei. Du versuchst dich abzuwehren und zur Freiheit zu gelangen. Du verstehst und ich verstehe, dass jetzt das Unmögliche geschehen könnte. Dass es jenseits der Realität stattfinden könnte. Zu spät. Ich bin in dir.

Zwei Blicke auf dieselbe Situation können sie nicht verändern, und das bedeutet, dass der Mensch nur eine Replik ist, die jemand gesagt hat, und das Wichtigste ist nicht, was gesagt wurde, sondern wie es gesagt wurde.

Ein feuchter Wind vom Meer durchdringt mich bis ins Mark. Ich sitze einsam an der Uferpromenade. Ein Sturm wird kommen, prophezeit mir die immer stärker werdende Welle, die gnadenlos den Strand verschlingt.

Ich sitze da und grüble nicht mehr in mir herum. Nichts macht mir mehr Sorgen. Mein Gewissen ist jetzt härter als ein Metallblock.

„Mein Gott", denke ich, „Verrückt. Seine eigene Seele wie eine Frau zu befriedigen und dabei nicht das Gefühl für sich selbst zu verlieren, das kann nur..."

Die Möwen, die sich um ein Stück Brot an einem Müllcontainer hinter mir streiten, unterbrechen meine Gedanken, und ich beginne zu lachen, anfangs leise, so dass ich mich selbst nicht höre, dann immer lauter und lauter, im Wettstreit mit dem Grollen der Meereswellen.

Schade, dass die Möwen zu hungrigen Krähen geworden sind. Schade, dass ich nur eine Replik bin, die jemand falsch ausgesprochen hat.

Von gewöhnlichen Geschichten bis
hin zu Krimis – lesen Sie und haben
Sie Spaß!